W0331345

BASTEI
LÜBBE

Mit *Mord auf Bornholm* liegt der elfte Band der zwölfteiligen Krimi-Serie des renommierten dänischen Autors Dan Turèll auf Deutsch vor. Seine Romane gelten zu Recht als »Klassiker der Kriminalliteratur«.

Bisher sind bei *Bastei Lübbe Taschenbücher* erschienen:
MORD IM DUNKELN (14 959), MORD AUF MALTA (15 106), MORD AM RONDELL (15 177), MORD IM MÄRZ (15 286), MORD IM HERBST (15 370), MORD IN DER DÄMMERUNG (15 479), MORD IM WASCHSALON (15 525), MORD IM STRASSENGRABEN (15 630) und MORD IN VESTERBRO (15 706).

Über den Autor:

Dan Turèll, geboren 1946, war Schriftsteller und Journalist. Er hat sich in Dänemark zur Kultfigur entwickelt. »Onkel Danny« hat ein riesiges Œuvre aufzuweisen. Die Krimi-Serie über den namenlosen Journalisten brachte ihm den Durchbruch. Mit viel Ironie, schwarzem Humor und Gespür für die dänische Seele hat er dem Land seinen ersten klassischen »Privatschnüffler« geschenkt und die amerikanische Tradition des Genres kongenial ins Dänische verpflanzt.

»Dan Turèll ist:
der Lou Reed des Kriminalromans,
der Charlie Parker des Kriminalromans,
der Baudelaire des Kriminalromans.«
Kvällsposten

Dan Turèll

MORD AUF BORNHOLM

Aus dem Dänischen von
Thorsten Alms

BASTEI
LÜBBE

BASTEI LÜBBE TASCHENBUCH
Band 15 801

1. Auflage: Januar 2008

Vollständige Taschenbuchausgabe

Bastei Lübbe Taschenbücher in
der Verlagsgruppe Lübbe

Deutsche Erstausgabe

Für die Originalausgabe:
© 1989 by Dan Turèll
Titel der dänischen Originalausgabe: »Mord på Markedet«
First published by Borgens Forlag A/S,
Valbygaardsvej 33, DK-2500 Valby, Denmark
Published by agreement with
Leonardt & Høier Literary Agency aps, København.
Für die deutschsprachige Ausgabe:
© 2008 by Verlagsgruppe Lübbe GmbH & Co. KG, Bergisch Gladbach
Textredaktion: Ingrid Glienke
Titelillustration: panther media
Umschlaggestaltung: Bianca Sebastian
Satz: hanseatenSatz-bremen, Bremen
Druck und Verarbeitung: Nørhaven Paperback
Printed in Denmark
ISBN 978-3-404-15801-0

Sie finden uns im Internet unter
www.luebbe.de
Bitte beachten Sie auch: www.lesejury.de

Der Preis dieses Bandes versteht sich einschließlich
der gesetzlichen Mehrwertsteuer.

Ein widerwärtig normaler Tag

Es war ein durch und durch widerwärtiger Tag.

Wenn ich so ausdrücklich hervorhebe, wie widerwärtig er war, liegt es daran, dass mir immer mehr auffällt, wie unzufrieden die Leute mit allen möglichen Personen, Institutionen und Gegebenheiten in ihrer alltäglichen Umgebung sind (die »Gesellschaft«, wie es an Sonntagen so schön heißt, wenn man das Hemd wechselt), weil sie ihnen so leer und halbherzig erscheinen. In unserer Zeit – so drücken es die Leitartikler aus – herrscht eine skeptische Müdigkeit gegenüber jenen stets so bequemen, so ewig wechselnden Standpunkten.

Wie diese Sozialistin, die auf einmal zur Sozialdemokratin wird und – man stelle sich vor – schon im darauffolgenden Monat jenen Redakteursposten angeboten bekommt, für den sie bereits seit zwanzig Jahren qualifiziert war. Wie dieser Fernsehansager, der sich schon bei der ersten telefonischen Kontaktaufnahme durch den örtlichen Wählerverein auf Kandidatensuche wie ein geborener Liberaler fühlt und es gar nicht fassen kann, wie er seit einem dutzend Jahren immer wieder – Tag für Tag – vergessen haben konnte, in die Partei einzutreten. Wie dieser unermüdliche Vorkämpfer für die Interessen der kleinen Einzelhändler, der plötzlich ein Angebot des Zentralverbandes der Supermarktketten annimmt und zu der Einsicht kommt – und wer könnte das wohl besser beurteilen als er –, dass er eigentlich erst dort einen wirklich ernsthaften, wenn vielleicht auch nur indirekten Einsatz für das Wohl aller Einzelhändler leisten könne – denn im Grunde genommen gebe es ja keinen wirklichen Interessenkonflikt zwischen den beiden Gruppen, lediglich eine natürliche Wechselwirkung und ein sich ergänzendes demokratisches Verhältnis auf Gegenseitigkeit.

Die Leute haben sich an so etwas gewöhnt. Zu sehr gewöhnt. Auch ich. Darum ist es mir eine besondere Freude, jetzt auch einmal eine grundehrliche, hundertprozentig echte Herzensüberzeugung hervorheben zu dürfen, denn genau das hatte dieser Tag zu bieten. Er war – wie es der Theaterkritiker so zurückhaltend auszudrücken pflegt – *in seiner Art* perfekt.

Durch und durch widerwärtig. Oder mit anderen Worten: ziemlich normal.

Er fing damit an, dass Gitte eine Stunde früher aufstand, als ihre Bürozeiten es eigentlich erforderten. Schon das war ein böses Vorzeichen, ein Alarmsignal, das mich instinktiv veranlasste, die Augen zu öffnen.

Natürlich leistete ich – das gestehe ich in schonungsloser Ehrlichkeit – diesen Einsatz nur in der Hoffnung, sie so schnell wie möglich wieder schließen zu können.

Als Gitte aus dem Bad kam, horchte ich, ob sie endlich das Kaffeewasser aufsetzte.

Dieses Geräusch blieb aus. Stattdessen sagte sie die drei kleinen Worte: »Steh jetzt auf!«

Nicht die drei angenehmsten Worte der Welt, meiner Meinung nach. Weit davon entfernt.

»Komm nochmal her«, antwortete ich.

Das funktionierte eigentlich immer.

Aber nicht heute.

»Nein«, sagte sie. »Steh auf!«

Selbstverständlich stand ich auf. Ebenso selbstverständlich hatte sie – bei diesem Ton – ihre Tage bekommen. Und noch selbstverständlicher, wo nun schon alles so schön zusammenpasste wie bei einer Laubsägearbeit oder einem Schnittmuster, hatte sie ausgerechnet an diesem Tag einen wichtigen Prozess für ihre Anwaltskanzlei zu führen.

Während des Morgenkaffees vollzog sich also das, was man in bildungsnahen Kreisen eine Metamorphose nennt: Meine zärtliche, hingebungsvolle Geliebte des vergangenen Abends verwandelte sich in ein ganz anderes – sagen wir mal: kritisch analysierendes – Wesen, das sich mit Feuer und Flamme daranmachte, den Katalog meiner sämtlichen persönlichen, privaten Fehler Punkt für Punkt durchzugehen.

Ich habe mich nie für einen Heiligen gehalten, habe auch nie außerordentlich ernsthafte Ambitionen an den Tag gelegt, einer zu werden, muss allerdings einräumen, dass mich die Anzahl meiner groben, gravierenden und ausnahmslos grundlegenden charakterlichen Mängel und Verhaltensfehler allein in ihrer schieren Monumentalität schockierte. Unwillkürlich musste ich daran denken, wie mein Geschichtsbuch es seinerzeit zu formulieren pflegte, wenn ein übermächtiges Heer eine feindliche Stadt angriff und dem Erdboden gleichmachte: »Kein Stein blieb auf dem anderen.«

Nach einer halben Stunde dieses konzentrierten Meinungsaustausches beschloss ich – obwohl das Thema des Tages nach Gittes Einschätzung noch lange nicht erschöpft war –, unaufschiebbare berufliche Verpflichtungen beim *Bladet* wahrnehmen zu müssen. Mein Chefredakteur wäre sehr erstaunt gewesen, aber mein Chefredakteur war ja nicht zugegen. Im Übrigen entsprach es ganz und gar nicht meinen Prinzipien, überflüssige Chefredakteure im Auf und Ab meines Privatlebens herumhängen zu haben.

Da mir also niemand widersprechen konnte, gab ich Gitte einen Kuss auf die Wange, stiefelte zielbewusst die Treppen hinab und verkrümelte mich in die Istedgade.

Es war ein kalter Morgen, und draußen war nur, wer es absolut nicht vermeiden konnte. Niemand schien es besonders zu genießen – abgesehen vielleicht von einem zahnlosen alten Mann, der mit einer Flasche Obstwein in der Hand an der Bordsteinkante entlangtaumelte, wobei er eine Reihe unverständlicher Laute absang – ungefähr vergleichbar dem, was im Jazz als *scat* bekannt ist.

Das Stjernecafé wurde gerade geöffnet, als ich bei mir um die Ecke bog. Ich ging hinauf, wechselte die Socken und holte meine Post – die kleinen Unbequemlichkeiten eben, die es stets mit sich bringt, wenn man an zwei Adressen wohnt – und ging hinunter zu Bob, der einsam hinter der Theke stand.

Wir wünschten einander einen guten Morgen und fragten einander, ob es irgendwelche Neuigkeiten gebe. Die gab es nicht, also zuckten wir unisono mit den Schultern und kamen darin überein, dass es ja auch so ginge, und im entgegengesetzten Fall wäre es verdammt nochmal auch egal.

Als ich ging, hinterließ ich meine »Post« in Bobs verlässlichen Händen. Die »Post« bestand aus einem Rundschreiben, in dem man aufgefordert wurde, eine bestimmte Zeitschrift gegen das Tabakrauchen zu abonnieren. Vielleicht wollte ja einer der Stammgäste des Stjernecafés diese Zeitschrift abonnieren. Vielleicht.

Ich schlenderte weiter zum *Bladet.* Es war ein ruhiger, grauer Tag. In der Istedgade gab es nicht eine einzige Schlägerei, kein einziger Scientologe stand in der Vesterbrogade und im Hauptbahnhof kein einziger aktiver Trickbetrüger. Es war einer dieser Tage, an denen man glaubte, in einer Provinzstadt zu wohnen.

Just one of those days ...

Im selben Augenblick, als ich den Chef vom Dienst mit einem – den Umständen entsprechend – angemessen freundlichen Nicken passierte, gebot er mir entschlossen Einhalt, rief mich zurück und übermittelte mir den Bescheid, Chefredakteur Otzen wünsche mich so schnell wie möglich zu sehen. Mit vornehmer diplomatischer Zurückhaltung unterließ ich zu erwidern, was ich mir meinerseits »so schnell wie möglich« in Verbindung mit Chefredakteur Otzen vorstellen konnte.

Wie immer, wenn er mit einer seiner überdimensionierten Zigarren beschäftigt war, sah er aus, als wäre er mit sich und der Welt einigermaßen zufrieden.

Jedenfalls mit den Augen eines Außenstehenden gesehen. Wenn man ihn kannte, wusste man es besser: Die scheinbare Zufriedenheit rührte ausschließlich daher, dass die Zeitung von heute fertig war und ihm folglich etwa sechzehn Stunden für die nächste blieben. Im Verlauf dieser verbleibenden Stunden würde sich seine cholerische Reizbarkeit immer weiter steigern, bis er ganz planmäßig cirka eine Stunde vor Redaktionsschluss explodierte. Die so genannten Himmelskörper – Mars, Merkur, Venus und was man von dieser Sorte noch so auf Lager hat – können unmöglich einem regelmäßigeren Kreislauf folgen als Otzen.

»Guten Morgen«, sagte er und ließ die Zigarre im Mundwinkel wippen. »Ein bisschen spät dran, was?«

»Spät?«, rief ich mit echter Empörung aus. »Es ist das erste Mal, dass ich jemals am Vormittag hier erschienen bin!«

»Ja«, sagte Otzen und unterstrich einfühlsam die Feierlichkeit des Augenblicks, indem er die Zigarre aus dem Mund nahm. »Ja, ich habe aber auch das erste Mal mit deiner Frau gesprochen und erfahren, dass du auf dem Weg hierher bist – um halb neun Uhr morgens!«

Otzen warf wie zufällig einen Blick auf seine Armbanduhr, bevor er die Zigarre wieder an ihren gewohnten Ort schob.

Ich schluckte den Köder nicht.

»Was ist denn jetzt so wichtig?«, fragte ich.

»Du weißt«, sagte Otzen, »dass der Ministerpräsident heute eine Pressekonferenz hält.«

»Nein, das weiß ich nicht. Wer zum Teufel schert sich denn um so etwas?«

»Du.«

»Ich? Kommt gar nicht in die Tüte! Ich arbeite doch nicht für die Politikredaktion!«

»Was ist denn so schlimm daran, für die Politikredaktion zu arbeiten?«

»Man ist gezwungen, mit Politikern zu sprechen.«

»Na und?«

»Dann verliert alle Rede ihre Bedeutung. Egal, was sie sagen, werden sie anschließend sagen, sie hätten etwas ganz anderes gesagt, und selbst wenn man sie auf Band aufgenommen hat, würden sie behaupten, ihre Worte wären missverstanden und aus dem größeren Zusammenhang gerissen worden, woraus klar hervorginge, dass sie das genaue Gegenteil gemeint hätten.«

»So denkst du über unseren hochverehrten Ministerpräsidenten?«

»Ja, unter anderem auch über ihn.«

»Dann kannst du dich entspannen, mein Junge. Du wirst nämlich über die Leute schreiben, die derselben Ansicht sind wie du.«

»Das sind doch alle.«

»Na ja, dann eben über diejenigen von euch, die es laut und deutlich aussprechen. Jetzt pass mal auf: Es sind Drohungen ausgesprochen worden, die Pressekonferenz zu stören und dem Ministerpräsidenten das Wort zu entziehen – wenn nötig, mit Gewalt. Auch das Wort ›Attentat‹ ist gefallen.«

»Von wem stammen diese Drohungen?«

»Von der Uni-Front – den jungen Revolutionären. Du weißt schon, dieser Zusammenschluss aus Hausbesetzern, Anarchisten, Alternativen – und wie sie noch so alle heißen.«

»Sie haben meine ganze Sympathie.«

»Das weiß ich, mein Junge. Darum sollst du ja diesen Bereich abdecken. Was der Ministerpräsident, die Beamten und die Fragesteller sagen – also das rein Sachliche ...«

»Das Sachliche?«

»Na ja, das rein Politische – da sollst du dich nicht einmischen. Dafür ist die Politikredaktion zuständig. Du hältst einfach die Augen auf, falls es Aktionen, Provokationen oder so etwas gibt.«

»Die Augen offen halten? Zu dieser Tageszeit?«

»Die Pressekonferenz findet um 12.00 Uhr auf Schloss Christiansborg statt. Im Pressesaal. Du kannst ruhig ein bisschen früher da sein – wenn du ausnahmsweise schon einmal so zeitig unterwegs bist.«

»Na gut, o.k. Von wem kam der Tipp?«

»Ach, du weißt schon: Die Zeiten ändern sich. Der ›Tipp‹ ist mittlerweile genau so veraltet wie die Setzer. Sie haben es selbst über die Nachrichtenagenturen verbreitet. Besorg dir eine Kopie in der Nachrichtenredaktion.«

Die Agenturmeldung besagte nicht mehr und nichts anderes, als Otzen mir schon erzählt hatte.

Es war das erste Mal seit vielen Jahren, dass ich zielbewusst den Regierungssitz Christiansborg ansteuerte. Kein Ort, den man alltäglich besuchte.

Der Platz vor dem Parlamentsgebäude war voller initiativfreudiger Mitbürger, die ihre Fahnen schwenkten oder Transparente stemmten. Ein Mann brüllte in schlechtem Dänisch in ein versagendes Mikrofon, weshalb mir sofort klar war, dass es sich um einen Gewerkschaftsvertreter handeln musste.

Ich nahm mir einen Augenblick Zeit, die Szenerie zu betrachten. Sie sah aus wie alle anderen dieser Art.

Etwas am Rande entdeckte ich eine große, kräftige beobachtende Gestalt: Kellermann höchstpersönlich, einer von Polizeiinspektor Ehlers' Männern aus der Polizeiwache am Halmtorvet, der einzige aus seiner Truppe, der noch wie ein altmodischer Wachtmeister aussah. Ich grüßte ihn und fragte höflich, was zum Teufel hier vor sich gehe.

»Wissen Sie das etwa nicht?«, fragte Kellermann. »Dann sind Sie wahrscheinlich der Einzige, der es noch nicht weiß.«

»Worum geht es denn nun?«

»Um die Tarifverhandlungen.«

»Na – schon wieder?«

»Jedes Jahr!«

»Ja, und jedes Jahr: *same procedure as last year.*«

»Letztes Jahr war es noch nicht üblich, wegen einer Pressekonferenz mit Attentaten auf den Ministerpräsidenten zu drohen«, sagte Kellermann sanft.

»Sind viele von euch im Einsatz?«

»Praktisch alle«, antwortete Kellermann. »Es sind gerade genug in den nächstgelegenen Wachen geblieben, um den Betrieb aufrechtzuerhalten.«

»Dann hat man ja gute Chancen am anderen Ende der Stadt.«

»Daran habe ich auch gedacht«, brummelte Kellermann. »Aber dort gibt es keinen Ministerpräsidenten.«

Wir wünschten einander alles Gute, und ich ging zum Pressesaal hinüber, wo ich mir inmitten einer halben Hundertschaft von wahlweise mit Kameras, Schreibblöcken oder Diktiergeräten ausgestatteten Kollegen einen Sitzplatz suchte.

Die Pressekonferenz erwies sich als die übliche, vorhersehbare Farce. Der Ministerpräsident erklärte, dass es »in der gegenwärtigen wirtschaftlichen Situation« für »die gesamtgesellschaftliche Entwicklung« notwendig sei, eine »gewisse Zurückhaltung bei den Lohnforderungen« zu zeigen, was, so meinte er, »alle Parteien einsehen« müssten.

Hin und wieder wurde der Ministerpräsident durch lautstarke, zum Teil organisierte Rufchöre von draußen unterbrochen, Rufe, die selbst durch die soliden Mauern hindurch ahnen ließen, dass gewisse Leute dies nicht einsehen wollten.

Die regierungsfreundlichen Blätter stellten höfliche Fragen, die einen willkommenen Anlass für weitschweifige, vertiefende Antworten boten. Die Journalisten der oppositionellen Blätter führten die bedeutenden Lohnsteigerungen der anderen, nicht gewerkschaftlich organisierten Bevölkerungsgruppen ins Feld und fragten, wie so etwas denn sein könne. Der Ministerpräsident antwortete – soweit ich es verstanden habe –, es gehe rein sachlich darum, dass Generäle, Professoren und Chefärzte lange Zeit in ihrer Gehaltsentwicklung so unzumutbar hinterhergehinkt seien, wie es mit einer zivilisierten Gesellschaft, die wir ja alle zu behalten wünschten, kaum zu vereinen sei.

Ein hitziger Vertreter der kommunistischen Zeitung unterstand sich – mit indigniert bebendem Doppelkinn (seltsam, wie ein Doppelkinn objektiv gesehen jede Indignation zu hemmen scheint) –, die 37-prozentige Diätenerhöhung des Parlaments zur Sprache zu bringen.

Der Ministerpräsident antwortete bereitwillig und würdevoll, dass es die freiheitliche Grundordnung, hinter der sich alle demokratischen Kräfte in unserem Land schon immer versammelt hätten, nur stärken könne, wenn man eine angemessene Entschädigung für den Einsatz zum Wohle des Gemeinwesens zu zahlen bereit sei. Im entgegengesetzten Fall wäre man nämlich nicht in der Lage, »die geeigneten Kräfte« für diese Aufgabe zu gewinnen, was ein unverantwortliches Risiko für das Land und seine Bevölkerung darstelle.

Alles war also widerwärtig normal. Der Überdruss breitete sich schnell aus in der verbrauchten Luft, und die ganze quälende Apathie der dänischen Politik machte es sich bequem und wünschte sich, dass das Rauchen im Saal gestattet wäre. Eine Stunde verging. Und es gab nicht einmal den Schatten eines einzigen Mini-Attentats.

Der Ministerpräsident beendete die Séance, indem er die Hoffnung zum Ausdruck brachte, die Haltung der Regierung deutlich gemacht zu haben. Der Mitarbeiter seiner Parteizeitung nickte eifrig und wechselte – als Einziger – ein paar private Worte mit ihm, bevor sich der Steuermann des Staates mit einem Lächeln zurückzog, auf beiden Seiten eskortiert von einem Bullen.

Die politischen Redakteure gähnten, erhoben sich langsam von ihren Plätzen und tauschten mehr oder weniger kritische Bemerkungen aus. Ich war als Erster aus der Tür und ging auf die Straße hinunter.

Die Menge johlte mittlerweile weniger geschlossen. Irgendetwas schien sie entzweit zu haben. Die meisten von ihnen standen in kleinen Gruppen beieinander, und nur einzelne versprengte Haufen fuhren mit ihrem energischen Slogan fort: »Klassenpolitik – Nazipolitik«. Viele waren schon im Aufbruch begriffen. Eine einzelne, schrille Stimme schrie monoton, immer und immer wieder: »Ihr scheißt auf uns!«

Am Rande der Versammlung stieß ich erneut auf Kellermann. Er betrachtete das Ganze mit einem müden, trägen, schlafwandlerischen Blick – was nichts anderes hieß, als dass er hellwach war wie eine Nachtbar-Nutte auf Ausschau nach einem Freier. Dieser Blick hat im Laufe der Zeit schon viele getäuscht.

»Na, ist wohl doch nichts passiert, was?«, sagte er.

»Nein«, antwortete ich. »Weniger als nichts. Entweder haben sie ihre Attentatspläne aufgegeben oder es war nichts als ein Kinderstreich. Was für eine verdammte Zeitverschwendung!«

»Sie haben nichts aufgegeben«, sagte Kellermann sanft. »Und der Teufel soll mich holen, wenn es nicht mehr als ein Kinderstreich war. Sie haben genau dreieinhalb Millionen damit gemacht.«

Ich muss wie ein Fragezeichen geguckt haben, denn Kellermann klärte mich liebenswürdigerweise auf. Zeit genug hatte er, wie er mir erklärte: So oder so hatte er den Befehl hierzubleiben, bis die Versammlung aufgelöst war. Man wusste ja nie …

Während der größte Teil der verfügbaren Polizeikräfte damit beschäftigt war, den Ministerpräsidenten und seine parlamentarische Zitadelle zu beschützen, hatten ein paar professionelle Kriminelle die Gelegenheit genutzt, in aller Bescheidenheit das gesamte Bargeld der nächstgelegenen Bank auszuräumen. Ausgerechnet heute war diese Bank besonders üppig mit dieser Ware ausgestattet, weil – so erklärte Kellermann – die für die eher praktischen Dinge zuständigen Angestellten des Parlaments Zahltag hatten.

Er schien die Ironie zu genießen.

Die beiden Bankräuber waren anständig gewandet in Nadelstreifenanzüge, weiße Hemden, Krawatten und leicht in die Stirn gezogene Hüte. Beide trugen üppigen Bartschmuck. Jeder mit einer Pistole in der Hand, hatten sie um die Aushändigung der gesamten Bargeldbestände gebeten. Die Bank war klein, die Filiale existierte eigentlich nur wegen der Nähe zum Regierungssitz. Es waren keine Kunden da und wegen der Mittagspause auch nur drei Angestellte.

Die Herren hatten die Scheine sorgfältig in leeren Aktenkoffern verstaut, die sie mitgebracht hatten. Anschließend waren sie den Gammel Strand hinunter verschwunden, zu diesem Zeitpunkt ein totales Gewimmel von Menschen auf dem Weg zum oder vom Regierungssitz.

»Man ist also der Ansicht«, sagte Kellermann abschließend, »dass sie selbst die Pressemitteilung versandt haben, um in Ruhe arbeiten zu können.«

»Nicht schlecht ausgedacht«, sagte ich.

»Nein«, räumte Kellermann ein. »Es hätte einem selbst einfallen sollen.«

Mit der Hand auf dem Scheckheft, gab ich ihm von ganzem Herzen recht.

Ich schlenderte zu besagter Bankfiliale hinüber und unterhielt mich mit den Angestellten, ohne dabei mehr herauszufinden, als Kellermann mir schon erzählt hatte. Eine der Angestellten – eine nervöse Dame in den Vierzigern mit einer Hochsteckfrisur, wie man sie nur an Bankschaltern sieht – meinte, doch ergänzen zu können, dass derjenige, der nach dem Geld verlangt habe, mit einem unverkennbaren ausländischen Akzent gesprochen habe.

Ich dankte ihr für die Information, als ob sie etwas wert gewesen wäre. Was sie natürlich nicht war. Abgesehen vom Ankleben eines falschen Bartes ist nichts so einfach, wie sich für zwei oder drei Minuten einen ausländischen Akzent zuzulegen. Und wenn sich jemand so viel Mühe gibt, bärtig und ausländisch zu erscheinen, dann kann man – nach meiner gesammelten Erfahrung in Strafsachen – einigermaßen getrost davon ausgehen, dass der Betreffende privat und nach Feierabend glatt rasiert und ziemlich, vielleicht sogar geradezu auffällig dänisch daherkommt.

Das gilt indessen für etwa eine halbe Million Männer in Kopenhagen, was den Fall nicht nennenswert vereinfachte.

Na, immerhin hatte ich eine Story. Ich verfügte mich in die Abstellkammer, die der Architekt des *Bladet*-Gebäudes ein »Büro« zu nennen die Stirn hatte, und brachte sie zu Papier. Sie war schon gut genug. Unsere Leser lieben – wie die Leser fast aller anderen Zeitungen – Leute, die einen schnellen Coup durchziehen und dabei die Politik wie auch die Polizei an der Nase herumführen. Dann ist es kein Verbrechen mehr, sondern eine sportliche Leistung – auf gleicher Stufe wie Fußball, Suff und Steuerhinterziehung.

Ich lieferte die Story bei Otzen ab, der in der Zwischenzeit bei der siebten Zigarre seines normalen Tagesprogramms angekommen sein musste. Er brummelte. Er hätte wahrscheinlich einem toten – oder lassen Sie uns humanerweise sagen: einem heldenhaft verwundeten – Ministerpräsidenten den Vorzug gegeben, aber auch ein »tolldreister Bankraub« konnte sich als qualifizierter Beitrag zu den täglichen Verhandlungen um den Aufmacher durchaus sehen lassen.

Ich kehrte in meine Abstellkammer zurück und begann mich immer mehr zu fragen, ob es wirklich ein so durch und durch widerwärtiger Tag war, wenn einem solche aufmunternden Zwischenfälle begegneten. Vielleicht war es eher einer jener Tage, an denen ich ein wenig Großzügigkeit zeigen sollte, indem ich Gitte anrief und sie zu einem erlesenen Essen mit eventuell anschließendem Theaterbesuch einlud – genau die Dinge, die sie liebt und die ich so hasse, was die Qualität dieser Einladung nur zusätzlich aufwerten würde.

Während ich teils mit diesem Gedanken und teils mit einem Kugelschreiber spielte, klingelte das Telefon.

Es war Kellermann.

»Hallo!«, brüllte er, als ob er am Nordseestrand stand und gegen den Wind schrie. »Ich wollte nur sagen, dass wir sie haben! Die Bankräuber! Und die ganze Beute!«

»Na, das ist ja …«

»Ich wollte nur kurz Bescheid sagen. Ehlers meinte, das wäre in Ordnung. Wir schicken ohnehin eine Pressemitteilung hinaus – aber selbstverständlich ohne Namen.«

»Nein, aber wie habt ihr sie erwischt?«

»Möchten Sie die ganze Geschichte?«

»Ja, natürlich! Und sag doch du, schließlich kennen wir uns schon so lange.«

»Das wäre nicht vorschriftsmäßig. Die Herren haben also ein Taxi vom Rådhusplads genommen. Und der Chauffeur war ein Polizist – und hatte sein Polizeifunkgerät dabei. Er erkannte sie wieder und gab Alarm. So einfach war das.«

»Wie clever von euch. Wie seid ihr darauf gekommen? Oder habt ihr da immer ein Taxi stehen für den Fall, dass ein Bankräuber vorbeikommt?«

»Darauf gekommen? Niemand ist darauf gekommen. Es war nur ein Kollege, der seinen freien Tag hatte und Taxi fuhr, um etwas dazuzuverdienen.«

»Nein!«

»Doch. Haben Sie jemals darüber nachgedacht, was wir verdienen? Wir haben auch nicht so viel Glück mit unseren Tarifverhandlungen. Ein Bulle bekommt in der Probezeit 11 000 Kronen – um sich notfalls umbringen zu lassen. Nach acht Jahren zufriedenstellender Arbeit kommt er auf sage und schreibe 13 000. Wäre das etwas für Sie?«

»Nein«, räumte ich ein.

Mein Besenschrank schien ein wenig zu wachsen.

Nachdem ich der Story dieses i-Tüpfelchen hinzugefügt hatte, rief ich Gitte an und traf meine Verabredung. Wir genossen einen so gütlich vereinigten Abend, dass sie selbst andeutete, am Morgen vielleicht ein bisschen hysterisch gewesen zu sein.

Worauf ich natürlich sofort widersprach. Man ist schließlich ein Gentleman.

Trotzdem ärgerte ich mich. Auf seine Art war es trotzdem ein widerwärtiger Tag gewesen. Das Leben ist und bleibt ungerecht. Die Träume platzen so leicht, und ruck, zuck sitzt man wieder im Dreck. Die beiden Bankräuber hatten sich ihre Beute eigentlich redlich verdient.

Auf der anderen Seite, wie ich Kellermann schon gesagt hatte: Wenn sie dereinst aus dem Knast kommen, werden sie die Ersten sein, die höhere Löhne für die Polizei fordern. Und sei es nur – wie der Ministerpräsident es ausdrücken würde – im Namen der Privatinitiative und des heiligen Geistes der freien Marktwirtschaft.

Ein Techniker im Stjernecafé

Meine Stammkneipe, das Stjernecafé in Vesterbro, wird nur sehr selten von Fremden besucht. Man könnte möglicherweise sogar von uns behaupten, dass wir – wie man so schön sagt – uns selbst genug seien. Wir sind die »Üblichen« – ein paar Freunde und Nachbarn aus dem umgebenden Viertel, dem »Kiez«, wie wir es nennen.

Trotzdem kommt es hin und wieder vor, dass eine bislang unbekannte Physiognomie ihre Nase hereinsteckt, und bei solchen Gelegenheiten kann es unterhaltsam sein, die Reaktion des Betreffenden auf unser Lokal zu beobachten.

Das Stjernecafé ist im Grunde eine ziemlich gesunde, normale – böse Zungen würden vielleicht sogar sagen: ordinäre – dänische Kneipe der altmodischen Art. An den Wänden hängen keine Spiegel, nur auf den Toiletten – doch die sind voller Sprünge und seit Generationen konstant und chronisch ungeputzt. Es gibt keine fauchenden Cappuccino-Maschinen, sondern eine Kaffeemaschine der ruhigeren Sorte. Am häufigsten kommt sie in Gebrauch, wenn jemand früh am Morgen kommt oder kurz bevor jemand ganz spät am Abend nach Hause möchte.

Wir Stammgäste – abgesehen vom Personal, dem Barkeeper Bob und der Serviererin Soffy, können wir Stoff-

Sven, Swing, den Hübschen und eine ganze Reihe mehr oder weniger repräsentativer lokaler Größen zum Inventar rechnen – haben diese Neuankömmlinge schon längst in drei Gruppen unterteilt. Zum Teil natürlich, weil wir von Natur aus analytisch veranlagt sind, zum Teil auch, weil es manchmal einfach nichts anderes zu tun gibt. Ein neues Gesicht hat immer einen gewissen, wenn auch nur vorübergehenden Unterhaltungswert.

Was im Übrigen beweist, dass wir bescheidene und genügsame Existenzen sind. Wir gehören nicht zu denen, die große Ansprüche an das Leben stellen, wie es heutzutage sonst oft der Fall zu sein scheint.

Die erste Gruppe der Neuankömmlinge setzt sich aus Leuten zusammen, die irgendetwas von einem von uns wollen: einen Brief übergeben, eine Nachricht ausrichten oder eine Verabredung treffen. Es versteht sich von selbst, dass diesen – wie unter uns Gentlemen üblich – mit äußerster Höflichkeit und Respekt begegnet wird.

Die zweite Gruppe besteht aus lauter hypersensitiven (so heißt es wohl) Personen. Sie kommen rein, setzen sich und verlangen nach einem Getränk. Sie schauen sich ein bisschen um, und nach verblüffend kurzer Zeit haben sie eine eigentümlich periphere Position auf ihrem Stuhl eingenommen. Bald darauf gehen sie. Diese sensiblen Wesen – deren nächste biologische Verwandte vermutlich Geschöpfe wie beispielsweise Schmetterlinge oder Mimosen sind – scheinen umgehend zu registrieren, dass sie irgendwie nicht hierher gehören. Sie entfernen sich in der Regel auf eine angenehme und höfliche Weise, und niemand macht ihnen deshalb Vorwürfe.

Die dritte, letzte – und größte – Gruppe besteht aus denjenigen, die sitzen bleiben, als wäre es ihr ureigenes demokratisches Recht – was es infolge des Schankwirtschaftsgesetzes wohl auch ist. Diese Gruppe geht gelegentlich sogar so weit, sich in das einzumischen, was gerade vor sich geht.

Was im Stjernecafé so vor sich geht, sind ausnahmslos – abgesehen von den beiden gesundheitsschädlichen Volkssportarten Suff und Rauchen – Spiele und Gespräche. Was die Gespräche angeht, so können – das muss man für den Fall, dass Sie einmal vorbeischauen möchten, wohl einräumen – deren Qualität und Niveau erheblichen Schwankungen unterworfen sein.

Gespielt wird dagegen ausschließlich auf Topniveau. Es ist zu jeder Zeit ein ausgesprochenes Vergnügen, die Sicherheit und Virtuosität zu beobachten, die dabei entwickelt werden. An manchen Abenden erreicht man die sublimen Leistungen, die seltenen, goldenen Momente, die ansonsten allein die Fußballnationalmannschaft dem dänischen Volke schenken kann.

Aber einige der Spieler agieren auch – im Vertrauen gesagt – mit vergleichbarer Professionalität wie die Mitglieder der Fußballnationalmannschaft. Oftmals sind sie sogar disziplinierter, besser trainiert – und spezialisierter.

Wir haben da z. B. ein paar hervorragende Billardspieler – von der Sorte, die manche Leute »Haie« nennen, was ich unterlassen werde, da ich diesen Ausdruck unnötig herabsetzend finde. Bei internationalen Billardturnieren würden sie weit kommen, wenn sie nicht erklärte Gegner der sportlichen Betätigung auf Amateurbasis wären. Wie sie des Öfteren verkündeten, bekämen sie bei ihren Ärzten auch keine kostenlosen Konsultationen oder gratis Logis bei ihren Vermietern, warum also ausgerechnet sie ihre Kunst ohne Bezahlung ausüben sollten, sei ihnen schleierhaft. Man kann ihrer Meinung sein oder nicht, aber immerhin vertreten sie einen klaren Standpunkt.

Andere, die zur selben Auffassung neigen, sind die Würfelspieler, von denen sich unter uns gleichfalls ein paar sachkundige und kompetente Kräfte befinden.

Bemerkenswert dabei ist, dass keiner dieser Spieler dem anderen auf seinem Feld Konkurrenz macht – jeder Spieler pflegt sein Spiel. Oft kann man Dialoge wie diesen hören:

»Wollen wir eine Runde knobeln?«

»Das würde ich nie mit dir spielen. Wie wäre es denn mit einer Partie Kegelbillard?«

»Das würde ich im Traum nicht gegen dich spielen.«

Ein hohes Maß an Spezialisierung kennzeichnet diese Menschen. Aber kann man es sich auf der anderen Seite – um einmal ein ganz ähnlich gelagertes Beispiel zu nehmen – nicht auch schwer vorstellen, dass ein Weltklasseposaunist gleichzeitig ein Harfenvirtuose ist? Und welcher Fußballer glänzt schon im Boxsport – außer wenn der Schiedsrichter ihm einmal kurz den Rücken zuwendet, was die ganze Angelegenheit allerdings in ein gewisses illegales Licht taucht.

An diesem Abend jedenfalls – einem ganz normalen regnerischen Herbstabend im November – kam ein Fremder herein, gekleidet in einen Arbeitskittel leicht angeschmutzten Charakters, aus dessen Taschen, an denen gerade solche Kleidungsstücke so reich sind, allerhand praktische Geräte ragten, von Zollstöcken über Schraubenzieher bis hin zu einem Engländer.

Ich sagte zu Swing, mit dem ich gerade die Ereignisse des Tages diskutierte, dass er wahrscheinlich Handwerker sei, worauf Swing erklärte, dass er meine schnelle Auffassungsgabe und sprühende Intelligenz schon immer besonders geschätzt habe.

Vornübergebeugt wie ein Gorilla bewegte sich der Mann zur Theke. Selbst in dem verqualmten gelben Licht hätten weniger aufmerksame Augen als Swings und meine erkannt, dass dieser Mann betrunken war. Sein Gang war unsicher, seine Blicke unstet, und sein Oberkörper wiegte sich leicht schlangenartig in einem Takt, den nur er selbst kannte. Nichtsdestotrotz erreichte er die Theke, bestellte ein Bier, zündete sich eine Zigarette an und blieb sitzen, ohne vom Barhocker zu fallen, was – ganz besonders unter bestimmten Umständen und in Anbetracht der mangelnden Solidität dieser Hocker – eine beachtliche Leistung darstellen kann.

Nachdem er etwa zehn Minuten so gesessen und Swing und ich den Tag durchdiskutiert hatten – um ehrlich zu sein, war es einer dieser ereignislosen Tage, an denen man das Gefühl hat, die Welt hätte die Schlüssel umgedreht und den Laden dicht gemacht –, ging einer unserer prominenten Billardspieler, Mick, zu ihm hinüber und setzte sich neben ihn.

Mick hatte einen schlechten Abend gehabt. Niemand hatte Billard mit ihm spielen wollen.

»Er muss sich bald eine neue Kneipe suchen«, bemerkte Swing sachlich. »So ist es nun mal in diesem Job. Nicht zu lange am selben Ort bleiben!«

Wir rückten etwas näher an die Theke heran, als ob wir etwas mehr Licht brauchten.

Mick und unser Unbekannter hatten sich schon längst in ein freundschaftliches Gespräch vertieft. Der Unbekannte erzählte, dass er Elektriker sei, und Mick erzählte im Gegenzug, dass sein Bruder dasselbe machen würde. Mick ist zwar ein Einzelkind, aber trotzdem konnte er damit eine Art gegenseitiges Verständnis zwischen ihnen etablieren.

Es vergingen zehn Minuten, bis Mick eine Partie Billard anregte.

Es war ein Rohrkrepierer. Der Elektriker war zwar betrunken, aber so betrunken nun auch wieder nicht. Nachdenklich betrachtete er seine ziemlich zitternden Hände, bevor er erklärte, dass er lieber ein anderes Mal spielen würde, gerade jetzt sei er nicht in der Stimmung.

Mick unterhielt sich noch fünf Minuten länger mit ihm – Mick hat nämlich eine gute Kinderstube genossen. Dann zuckte er mit den Schultern, klopfte dem Elektriker – sanft, damit er nicht umfiel – auf die seinen, wünschte allen eine gute Nacht und ging. Mieser Abend, sagte sein Rücken, als er zur Tür hinausging.

Der Elektriker sah ein bisschen einsam aus. Er schien die unendliche Tragik des Lebens zu begreifen: Wohin man kommt, gewinnt man Freunde, verliert sie aber oft genauso schnell.

Aber seine Einsamkeit sollte nicht von langer Dauer

sein. Nach einer angemessenen Pause stand Kurt an seiner Seite.

Kurt ist Würfelspieler und gewinnt in der Regel auch, nicht zuletzt, weil er so geschickte Finger hat – eine Fähigkeit, die er selbst einer Jugend zuschreibt, die er mit Geigenübungen verbracht hat. Kritische Stimmen haben ihm gelegentlich die Tricks, mit denen er arbeitet, zum Vorwurf gemacht – ein kleiner Stoß gegen einen einzelnen Würfel, die kleine Drehung des Würfelbechers, ein kleiner Finger, der über den Wurf wandert, während der Gegner gerade in die andere Richtung schaut oder nach der Bedienung ruft – aber Kurt vertritt nun einmal den Standpunkt, dass jeder eben zusehen müsse, wo er bleibt.

Auch Kurt verwickelte unsern Unbekannten in ein unverfängliches Gespräch. Er begnügte sich allerdings mit einem Kumpel, der Elektriker war, was technisch gesehen zumindest möglich wäre. Erneut schienen wir am Beginn einer großen Freundschaft zu stehen, und da wirkte es ganz natürlich, als Kurt eine Partie Bluff vorschlug. Dieses Mal akzeptierte der Elektriker den Vorschlag. Wenn man ein Bierglas halten konnte, dann wohl auch einen Würfelbecher, schien er zu denken – was ja ganz logisch klang, wenn man den Gedanken zu Ende dachte. Mit einem Billardqueue war das etwas ganz anderes. So einer konnte – wenn er die Chance dazu bekam – die seltsamsten Dinge anstellen, für die man anschließend geradestehen musste.

Swing und ich beobachteten die althergebrachte Technik wie eine Theatervorstellung, die wir schon einige Male gesehen hatten, und wir hätten soufflieren können, wenn es nötig gewesen wäre.

Der Elektriker gewann die erste Runde. Er gewann auch die zweite. Also gab er einen aus und schlug vor, den Einsatz zu erhöhen.

Als er mit dem erhöhten Einsatz erneut gewann, strahlte er über das ganze Gesicht wie eine nächtliche Neonreklame, und er sah sich einer ruhmreichen Zukunft entgegengehen. Er sagte Prost und schlug eine weitere Erhöhung vor.

Dann schlug Kurt zu und ließ ihn nicht wieder aus den Klauen. Gnadenlos und unbarmherzig gewann er drei Spiele hintereinander.

Der Elektriker bestellte noch ein Bier. Jetzt saß er fest. Er hing an dem Fliegenpapier, das da heißt: Gewinne das Verlorene zurück. Genau dann beginnt man ernsthaft zu verlieren.

Kurt wollte kein Bier mehr haben. Kurt musste jetzt arbeiten.

Er nahm ihn konsequent, aber mit angemessener Vorsicht aus, indem er die Trickkiste des professionellen Spielers allmählich immer weiter öffnete. Er munterte ihn auf, wenn er verlor, ließ ihn ungefähr jedes dritte Mal gewinnen, bewunderte seine Spielweise, betonte immer wieder, was für einen gemütlichen Abend sie doch hätten, gab kleine, kantige, klebrige Anekdoten zum besten und war kurz gesagt allgemein liebenswert unterhaltsam.

Nach einer Stunde gelangte er offenbar zu der Ansicht, dass es nunmehr reichen würde. Die Professionellen haben nämlich eine Grenze. Unter anderem deshalb nennt man sie schließlich professionell.

Kurt schlug vor abzurechnen.

»Nein!«, sagte der Elektriker mit fester, wenn auch knödeliger Stimme. »Ich will noch eine Chance. Wir spielen noch ein paar Runden!«

Kurt fragte, mit solidem Sinn fürs Ökonomische, ob sie nicht schon mal die bisherigen Spiele abrechnen könnten.

»Erst, wenn wir fertig sind!«, sagte der Elektriker. »Auf einen Elektriker kannst du dich immer verlassen. Ich bezahle jedem, was er verdient. Denk dran!«

Kurt gefiel das überhaupt nicht – er ist sofortige Abrechnung in bar gewohnt. Aber er war hier zu Hause, war auf allen Seiten von Freunden und Bekannten umgeben, und der Elektriker hatte ein Auswärtsspiel. Kurt war gut aufgestellt.

Er ließ den Elektriker ein Spiel gewinnen und holte sich die nächsten drei. Dann war sein Kunde weichgeklopft und bereit zu bezahlen.

»Aber ich möchte eine Abrechnung haben!«, sagte er. »Elektriker bezahlen immer, aber sie möchten eine Abrechnung sehen!«

»Ich habe alles aufgeschrieben«, antwortete Kurt natürlich.

»Dann rechne es zusammen!«, antwortete der Elektriker. »Ich gehe solange pissen.«

Kurt sah geschäftig und zufrieden aus, während er den mathematischen Künsten frönte. Wesentlich betrunkener als bei seiner Ankunft – was nüchtern betrachtet ziemlich normal für Kneipengäste ist –, schwankte der Mann nach hinten zu den Toiletten. Die Tür knallte unsanft hinter ihm zu.

Und dann wurde es dunkel.

Auf einmal ging das Licht über der Theke und im

Schankraum aus. Die Musikbox verstummte mitten in einer Melodie. Erhobene Gläser knallten auf die Tische zurück. Überall fluchte und schimpfte es von den dunklen Enden glimmender Zigaretten.

»Was zum Teufel!«

»Stromausfall. In der ganzen Straße?«

Alle sahen durch die Gardinen hinaus. Die Straßenbeleuchtung funktionierte normal. Die Fenster in den Häusern gegenüber strahlten wie gewohnt.

»Es ist wohl nur die Sicherung«, sagte Bob und zog eine Wachskerze unter der Theke hervor. »Es ist nur eine Sicherung rausgeflogen. Immer mit der Ruhe. Ich drehe gleich eine neue rein.«

Als er wiederkam, schien er sich nicht mehr so sicher zu sein.

»Ich kann mir da keinen Reim drauf machen«, sagte er. »Ich rufe jemanden an, der Ahnung hat. In der Zwischenzeit bekommt ihr Kerzen von mir.«

So sah es im Stjernecafé bald aus, als wäre gleich Bescherung, und die Stimmung erreichte bald wieder ihr gewohntes und angenehmes Niveau, bis Kurt plötzlich mit seinen Rechnungen in der Hand aufsprang.

»Der bleibt aber verdammt lange dahinten!«, sagte er.

»Eingeschlafen«, sagte Swing welterfahren. »So sah er jedenfalls aus.«

»Ich sehe lieber mal nach«, sagte Kurt und machte sich mit einer Kerze in der Hand auf den Weg.

Als er wiederkam, sah er gefasst, aber vergrämt aus.

»Bob«, fragte er. »Du verstehst dich nicht besonders auf Elektroinstallationen, oder?«

»Nein«, antwortete Bob.

Ehrlich war er schon immer gewesen.

»Hab ich mir schon gedacht«, sagte Kurt. »Der Kerl hat den ganzen Mist kurzgeschlossen – und auf dem Klo steht das Fenster offen.«

Swing pfiff philosophisch.

Irgendjemand ganz hinten im Lokal konnte sich ein Lachen nicht verkneifen, und das Gelächter breitete sich immer weiter aus, wie es dergleichen nun einmal zu tun pflegt.

Ich selbst fiel nicht direkt mit ein, dafür erschien mir die Angelegenheit zu ernst. Aber auf Dauer wurde es ziemlich schwer, sich nicht anstecken zu lassen.

Sogar für Kurt. Er zeigte sein wahres Format, indem er noch im Kerzenschein eine weitere Lokalrunde bestellte und geistreich die erlösenden Worte formulierte.

»Ja, ja«, sagte er. »Er war schließlich Elektriker. Und dies war seine Technik.«

Kurt war, wie gesagt, schon immer der Auffassung gewesen, dass jeder eben zusehen müsse, wo er bleibt.

Mord auf Bornholm

1

Alles fing damit an, dass das Telefon klingelte.

Was an und für sich nichts Ungewöhnliches ist. Was mich betrifft, fängt jeder verdammte Tag so an.

Man kann der Wahrheit ebenso gut ins Auge sehen: Im Endeffekt können Telefone nicht so verdammt viele andere Dinge tun.

Trotzdem war dieser Telefonanruf etwas ungewöhnlich: Es war meine Schwester.

Meine persönliche, private, einzige Schwester Lone, von der ich seit zwei Jahren nichts mehr gehört hatte – seit sie mir nichts, dir nichts beschlossen hatte, nach Bornholm zu ziehen, ein Ort, an dem ich auf meiner normalen Route zwischen Istedgade, Rådhusplads und zurück nur selten vorbeikomme.

Typisch für sie, übrigens. Seit ich sie kenne – und weil sie meine kleine Schwester ist, bedeutet das gewissermaßen, ihr ganzes Leben – hat sie immer schon schnelle und resolute Entscheidungen getroffen. Wie damals, als sie vierzehn Tage vor dem Abitur das Gymnasium schmiss, weil sie ausgerechnet zu diesem Zeitpunkt entdeckte, dass es sie nicht die Bohne interessierte. Wie damals, als sie Entwicklungshelferin in Afrika wurde und nach einem Monat wieder zurückkehrte, weil sie mit den sanitären Verhältnissen unzufrieden war. Wie damals, als sie zur überzeugten

Vegetarierin wurde – für mindestens zwei Monate. Wie damals, als sie schließlich beschloss, Malerin zu werden und tatsächlich drei Bilder malte, von denen mindestens eines fertig wurde. Wie damals …

»Hallo«, zwitscherte sie munter. »Ich habe dich natürlich geweckt?«

Jahre können vergehen, aber Schwestern kennen deine Gewohnheiten und werden sie niemals vergessen.

»Ja«, sagte ich. »Aber nimm es dir nicht so zu Herzen – sonst hätte es eben jemand anders gemacht. Wie geht es dir?«

»Ich werde heiraten.«

»Was wirst du?«

»Heiraten! Du hast doch sonst keine Probleme, einfaches Dänisch zu verstehen.«

»Du warst doch immer gegen die Ehe. Wie oft hast du mir erzählt, dass es die Methode des Patriarchats ist, um die Frauen in einer Sklavenexistenz gefangen zu halten. Du hast ausdrücklich betont, dass du nicht den Fehler deiner – und meiner – Mutter wiederholen willst und niemals in dieser bürgerlichen Institution verrotten möchtest. Du hast …«

»Ach, jetzt hör aber auf! Man darf doch wohl noch seine Meinung ändern.«

»Du darfst es jedenfalls. Du hast öfter die Meinung gewechselt als ich meine Unterwäsche.«

»Und du bist immer zu lange in derselben Unterwäsche herumgelaufen.«

»Jetzt wirst du aber gemein. Ich bestimme mein Leben jedenfalls noch selbst. Deinem Mann wird das niemals mehr gelingen. Es ist bestimmt ein Lehrer.«

»Wie kommst du denn darauf?«

»Weil die Statistik sagt, dass sich Schauspielerinnen oft mit Schauspielern, Journalistinnen mit Journalisten, Ärztinnen mit Ärzten und Lehrerinnen mit Lehrern verheiraten – oder heißt es mittlerweile LehrerInnen?«

»Du hast dich allerdings mit einer Rechtsanwältin zusammengetan.«

»Ich bin untypisch. Aber sie war schon einmal mit einem Rechtsanwalt verheiratet, und meine Ex-Freundin war Journalistin. Die Theorie hält.«

»Theorien sind mir egal.«

»Das glaube ich gern.«

»Ich werde heiraten, Mann! Kannst du das nicht begreifen?«

»Ich versuche es, so gut ich kann. Was muss ich als Nächstes sagen: Und wer ist der Glückliche?«

»Danke für dein Taktgefühl. Er ist tatsächlich Lehrer. Er heißt Michael.«

»Da ist er wohl kaum der Einzige.«

»Halt die Klappe. Er heißt Michael Dam – und …«

»Und?«

»Ich bin unheimlich verliebt.«

»Was man so hört, ist das unter den gegebenen Umständen ein großer Vorteil. Hatte sich deine Mutter nicht einer ähnlichen Illusion hingegeben?«

»Warum musst du immer so zynisch sein?«

»Das kann ich dir nicht sagen. Wir müssen wohl alle unser Kreuz tragen. Du weißt ja: Der eine ist zu groß, der andere zu klein – einer ist ein bisschen zynisch, und ein anderer geht gern einen trinken …«

»Du hast dich in den vergangenen zwei Jahren gar nicht verändert.«

»In meinem reifen Alter tut man das auch nicht mehr. Der Charakter ist festgelegt.«

»Sagtest du Charakter? In Bezug auf dich?«

»Du klingst auch nicht anders.«

»Doch! Du fängst doch immer wieder … Es ist übrigens schön, deine Stimme wieder zu hören.«

»Danke gleichfalls.«

Das meinte ich ganz ehrlich. Auch wenn meine Schwester und ich einander nie die Türen eingerannt haben, auch wenn zweijährige Pausen eher die Regel als die Ausnahme in unserer Beziehung waren, haben wir einander doch immer gern gehabt.

Gleichzeitig so fern und doch so nah. Vielleicht eine Familieneigenheit, wer weiß? Außer uns war allerdings niemand mehr übrig, den wir hätten fragen können.

»Ist dir klar, warum ich überhaupt anrufe?«

»Du willst heiraten.«

»Ja. Und du hast vergessen, mir zu gratulieren. Und ich möchte dich bei der Hochzeit dabeihaben. Als meinen Trauzeugen.«

»Herzlichen Glückwunsch!«

»Danke.«

»Ist das denn heutzutage noch üblich?«

»Was, zu gratulieren oder sich zu bedanken?«

»Trauzeugen.«

»Wenn man in der Kirche heiratet, ja.«

»In der Kirche! Aber du hast doch immer gesagt …«

»Halt die Klappe, Dummerchen. Es ist übermorgen.«

»Ja, aber …«

»Ich kenne dich. Jetzt wirst du mir erzählen wollen, dass du an einem ganz wichtigen Fall arbeitest, dass du förmlich Tag und Nacht in den Kellern des *Bladet* festgekettet bist, dass dein Chefredakteur dir nicht einmal zwei Stunden für so eine schwachsinnige Zeitverschwendung wie die Hochzeit deiner kleinen, einzigen Schwester freigeben würde, dass dein Kalender voller wichtiger Termine ist …«

Wie ich schon immer gesagt habe: Die eigene Schwester kennt einen einfach zu gut. Das ist ein auffälliger Konstruktionsfehler von Schwestern.

»Aber wie schon gesagt«, plapperte sie weiter, als ob sie meine Gedanken erraten hätte, was höchstwahrscheinlich auch der Fall war, »kenne ich dich nun einmal. Wenn du auf Sauftour gehen willst oder ein Mädchen an der Angel hast …«

»Du bist die einzige Frau in meinem Leben.«

»Dummes Gewäsch, heb dir das für deine Saufkumpane auf. Nein, wenn eine solche Situation eintritt, bist du nie davor zurückgeschreckt, dich für eine Woche oder zwei krankzumelden, um herumzustreunen und das Leben zu genießen. Aber wenn deine einzige Schwester dich darum bittet, zu ihrer ersten, letzten und einzigen Hochzeit zu erscheinen, dann ist es natürlich etwas ganz anderes. Und selbstverständlich spielt es überhaupt keine Rolle für dich, dass du mein einziger Verwandter bist, der noch am Leben ist – wenn man das Leben nennen kann.«

»Ho, ho. Du fängst langsam an, wie Mama zu klingen, wenn sie uns zum sechzigsten Geburtstag irgendeines verdammten alten, verknöcherten Onkels schleppen wollte.«

»Ich bin aber kein verdammter alter, verknöcherter Onkel. Und du kommst morgen! Um 11.15 Uhr geht ein Flug – einmal in deinem Leben wirst du es wohl fertigbringen, ein bisschen früher aufzustehen. Ich werde am Flughafen sein – der ist in Rønne, der Inselhauptstadt, falls du es nicht weißt – und dich abholen. Und wenn du nicht erscheinst, wirst du nie wieder von mir hören!«

»Ist das ein Versprechen?«

Die Frage kam zu spät. Sie hatte bereits aufgelegt.

Ich kratzte mich nachdenklich im Nacken und zündete mir eine Zigarette an. Die Situation schien mir einen gewissen Anlass zum Nachdenken zu geben.

Was zum Teufel war bloß mit Lone los? War sie, die sich stets damit gebrüstet hatte, frei wie ein Vogel zu sein, freiwillig in den Käfig geflattert?

War sie alt und mürbe geworden und bereit für ein ruhigeres Leben?

Oder hatte sie sich einfach Hals über Kopf verliebt – wie ich selbst, als ich Gitte begegnete – und einfach entschlossen wie immer gehandelt?

Nachdenken half nichts. Es hat selten jemandem geholfen.

Ich nahm ein Bad und rasierte mich, kroch in meine Klamotten und begab mich auf die Straße. Für einen Apriltag war das Wetter glänzend, jedenfalls für Kopenhagener Verhältnisse. Eine schwache, schmächtige Sonne warf ihr Licht auf die Straßen von Vesterbro – gerade genug, um zu zeigen, wie dreckig und verkommen sie waren.

Ich folgte meiner gewohnten Routine. Ich trank Kaffee und las meine Zeitungen bei Ronnie im Gasværksvej, und anschließend ging ich ins Stjernecafé, um mein Vormittagspils zu trinken und mit Bob, dem Barkeeper, zu plaudern.

Als ich ihm die Neuigkeit des Tages erzählte, lachte er.

»Deine Schwester sollte eigentlich klüger sein«, sagte er. »Mit einem solchen Bruder sollte man eine lebenslange Resistenz gegen Männer entwickelt haben.«

»Sie hat mich in den letzten Jahren nicht mehr so oft gesehen.«

»Da haben wir ja die Erklärung. Na, ja, dann gute Reise nach Bornholm. Dann werden wir wohl die paar Tage ohne dich auskommen müssen.«

»Es ist noch gar nicht raus, ob ich reise.«

»Natürlich wirst du reisen.«

»Woher willst du das wissen?«

»Ich werde dir mal etwas verraten, mein Junge. Ich weiß es aus erster Hand: Ich habe selber eine Schwester.«

Darauf war nichts mehr zu entgegnen. Bob hatte eindeutig recht, was ihm, objektiv betrachtet, unverhältnismäßig oft passierte.

Also rief ich beim *Bladet* an und meldete mich für ein paar Tage in familiären Angelegenheiten verreist – ein Luxus, den nur freie Journalisten sich leisten konnten, und in Wirklichkeit der einzige Luxus, den es für diese unterbezahlten Mitarbeiter gab.

Chefredakteur Otzen fluchte und grummelte und hielt eine kleine Ansprache über die unbedingt notwendige, absolute, hundertprozentige, täglich vierundzwanzigstündige Loyalität eines jeden Mitarbeiters des *Bladet*, bevor er sich in das Unvermeidbare fügte.

Anschließend rief ich Gitte an und legte ihr dar, was sie selbst die »relevanten Tatsachen des Falles« genannt hätte.

»Du siehst also«, schloss ich, »dass ich absolut gezwungen bin, diese Reise zu machen.«

»Gezwungen?«, antwortete sie mit erhobener Stimme, ungefähr so, wie sie vor Gericht ihre Mandanten verteidigte. »Gezwungen? Deine einzige Schwester feiert ihre Hochzeit, und du bist ›gezwungen‹, daran teilzunehmen! Was für hoffnungslose Rindviecher ihr Männer doch sein könnt!«

»Ich meinte doch nur, dass ich lieber mit dir zusammen gewesen wäre. Wir waren schließlich verabredet …«

»Mach dir darüber keine Gedanken. Ich komme mit.«

»Du kommst mit?«

»Ja. Wir haben im Augenblick nicht besonders viel zu tun, und ich habe noch ein paar freie Tage gut. Ich kann es leicht einrichten. Und ich möchte sehr gern deine Schwester kennen lernen. Ich habe noch nie jemanden aus deiner Familie getroffen.«

»Es gibt keine anderen.«

»Und du hast meine nie sehen wollen.«

»So würde ich es nicht ausdrücken, aber …«

»Du drückst dich jedes Mal, gib's zu.«

»Tja-a …«

»Also bestell einfach zwei Tickets. Über alles andere können wir uns heute Abend noch unterhalten.«

»O.k., Schatz. Bis dann.«

»Bis dann.«

So weit, so gut.

Frauen sind stark. Sie sind nicht nur Schwestern, sie können einen Mann komplett dominieren.

Am nächsten Vormittag befanden wir uns also auf dem Inlandsflug von Kopenhagen nach Rønne, Abflug 11.15 Uhr, erwartete Ankunft 11.50 Uhr, alles präzise und planmäßig, und wir beide gut ausgeschlafen, wohlsoigniert und passend für die Gelegenheit gekleidet – sogar ich.

Die Sonne schien über den Wolken. Die reinste Idylle.

Eine unnatürliche, unrealistische Idylle.

Noch.

Wenn ich gewusst hätte, was passieren würde, hätte ich Gitte nicht meinen Arm um die Schultern gelegt und der Sonne ein großzügiges Lächeln geschenkt. Ich hätte eine Pistole auf den Hinterkopf des Piloten gerichtet und ihn gezwungen, sofort wieder umzukehren.

2

Aber alles begann so hell und vielversprechend und so freundlich. Es brach noch nicht einmal ein kleinerer Brand an einer der Tragflächen aus, wir landeten ohne Gehirnerschütterung in Rønne – und im Empfangsgebäude stand meine Schwester und wartete, begleitet von einem groß gewachsenen, dunkelhaarigen Mann. Ich konnte mich – nicht ohne eine gewisse Zufriedenheit – des Gedankens nicht erwehren, dass er mir ähnlich sah.

Lone umarmte mich und sagte: »Ich wusste doch, dass du kommen würdest. Schön, dich zu sehen!«

»Herzlichen Glückwunsch!«, antwortete ich und wuschelte ihr gerührt durchs Haar.

Gitte hatte mich gründlich eingewiesen.

Dann stürzte sich Lone auf Gitte, und sie umarmten sich hemmungslos, wie Frauen es eben so tun, während Michael Dam und ich in maskuliner Manier einen festen Händedruck wechselten und uns eher skeptisch musterten.

Was die Physis betraf, hatte ich an Lones Geschmack nichts auszusetzen. Er war ein gut aussehender Mann, schlank und rank und sportlich, um die 35 Jahre alt und damit gerade die empfohlenen zwei, drei Jahre älter als meine Schwester, aber auch nicht mehr. Er hatte einen sympathischen, freundlichen Ausdruck in den braunen Augen und trug einen schmalen Oberlippenbart nach italienischer Gigoloart.

So wie ich.

Und Lones Verliebtheit war nicht zu übersehen. Ihre graugrünen Augen glänzten vor euphorischer Glückseligkeit, wie in Kindertagen, wenn sie unsere Eltern hinters Licht geführt hatte. Es muss schon etwas dran sein an dem alten Spruch, dass die Liebe schön macht. Lone ist keine Schönheit im landläufigen Sinne – mit ihrer markanten Nase und den vorstehenden Zähnen! –, aber das Glück verlieh ihr ein Strahlen, das eine ganze Landgemeinde hätte beleuchten können.

»Ich nehme euch beide mit«, sagte sie, als wir nach all diesen Umarmungen vom Flughafengebäude auf den Parkplatz gelangt waren. »Du fährst uns nach, nicht wahr, Mich?«

Michael Dam nickte und stieg in ein anderes Auto.

»Von Beginn an gleich zwei Autos. Hier wird geklotzt, nicht gekleckert«, sagte ich. »Du hast es anscheinend zu etwas gebracht?«

»Ach, das eine haben wir geliehen«, antwortete Lone. »Wir haben beide eine Menge zu erledigen – für morgen. Habt ihr etwas dagegen, wenn wir auf dem Weg einen Abstecher zur Kirche machen und mit dem Pastor sprechen?«

Wir sagten artig, synchron und im Chor, dass wir nichts dagegen hätten. Dabei knirschte ich mit den Zähnen – ziemlich lautlos. Ich war in Unterzahl, und ich wusste es.

Wir fuhren an frisch gepflügten, gepflegten Äckern vorüber, die hin und wieder von kleinen, leuchtend roten und gelben Häusern unterbrochen wurden – eine so unwirkliche Szenerie wie in einem zum Leben erwachten Freilichtmuseum.

Lone bog in Richtung Hasle ab. In der Schule dort würden sie arbeiten, erzählte sie Gitte, und neben der Schule liege die absolut reizende Kirche.

Die absolut reizende Kirche! Und das aus dem Mund meiner Schwester!

Mama wäre entzückt gewesen.

Als wir unser Ziel erreicht hatten, verstand ich allerdings gut, was sie meinte. Ich hatte eine dieser imposanten Bornholmer Rundkirchen erwartet, die eher wie Festungen aussehen, aber die Kirche von Hasle war eine kleine, feine, bescheidene Dorfkirche mit einem Holzdach und einer Turmspitze über schlichten gekalkten Feldsteinen.

»Es wird wohl eine Stunde dauern«, sagte Lone entschuldigend, nachdem sie angehalten hatte. »Vielleicht möchtet ihr lieber den Wagen ausleihen und eine Runde drehen, um mich dann wieder hier abzuholen?«

Ich antwortete mit Ja – schnell, überzeugend und begeistert, damit Gitte keine Chance bekam, etwas anderes zu antworten.

Wir winkten ihr zum vorübergehenden Abschied zu und fuhren los.

»Ich hätte mir eigentlich gern die Kirche angesehen«, sagte Gitte vorwurfsvoll.

»Ich habe eine Phobie gegen Kirchen. Außerdem können wir sie uns morgen ja ansehen.«

»Na gut. Wo fahren wir hin?«

»Gibt es kein Wirtshaus hier in der Nähe?«

»Das ist ja mal eine gute Idee.«

»Und das aus deinem Munde!«

»Ja, ich muss nämlich pinkeln. Auf so einem Inlandsflug schaffe ich das nie.«

»Weißt du, wo du gerade hinfährst?«

»Ja. Ich war in den Sommerferien schon einmal hier – viele Male sogar.«

»Du bist in deinen Sommerferien anscheinend in ganz Dänemark herumgekommen. Letztens in Nordseeland war es genauso.«

»Mein Vater hat immer gesagt, man sollte sein eigenes Land kennen, bevor man ins Ausland reist. Und er meinte es ernst damit – in der Praxis. Wir waren jeden Sommer an einem anderen Ort.«

»Ein schönes Leben mit so einem Millionär als Vater.«

»Das musst du mir nicht dauernd unter die Nase reiben. Ich habe mir meine Eltern genauso wenig ausgesucht wie du dir die deinen.«

»Entschuldige, ich bin nur neidisch. Wo fahren wir hin?«

»Wir sind hier in Helligpeder. Wenn wir weiter über Teglkås fahren, kommen wir zu Jons Kapelle.«

»Erst die Kirche, dann die Kapelle.«

»Jons Kapelle ist keine Kapelle. Es ist eine wild zerklüftete Klippe ... Es gibt eine alte Sage, dass einst ein englisches Schiff vor der Klippe Schiffbruch erlitt. Nur ein Mann überlebte, er hieß John oder Jon, und er war so dankbar für seine Rettung, dass er sich als Eremit in einer Höhle in der Klippe niederließ – das ist die Kapelle – und den Fischern und Fischen Gottes Wort predigte.«

»Die Fische waren bestimmt ein dankbares Publikum. Gibt es dort jetzt eine Cocktailbar – *Chez Jon?*«

»Nein, aber direkt in der Nähe liegt ein großes Hotel – also, wenn es denn geöffnet hat.«

»Es wird wohl immer dort liegen, ob es jetzt geöffnet hat oder nicht.«

Sie zeigte mir einen Schmollmund, und ich küsste ihn.

Das hätte einen einsamen Radfahrer beinahe das Leben gekostet.

»Nicht im Auto!«, sagte Gitte vorwurfsvoll.

Fünf Minuten später fuhren wir vor dem Hotel vor und parkten den Wagen.

Es war ein großes Hotel, zugegeben. Es war weiß. Und es hatte geöffnet, sogar weit geöffnet.

Aber es war keine einzige lebende Seele zu sehen.

Flure und Gänge standen leer. Der Wind fegte durch

die fehlenden Türen. Tapeten hingen in Fetzen von den Wänden, und auf den Teppichböden ging man wie auf einer Feuchtwiese.

»Sie bauen bestimmt gerade um«, sagte Gitte und zog ihren Mantel enger um sich. »Lass uns wieder gehen.«

»Ganz im Gegenteil«, sagte ich. »Lass uns ein bisschen gucken. Man bekommt so selten ein leeres Hotel zu sehen. Ich weiß, du kannst meinem Geschmack nichts abgewinnen, aber ich finde nun einmal, dass so etwas vergnüglicher ist als eine Kirche.«

In der Rezeption hing immer noch die Hälfte der Zimmerschlüssel an einem Brett, dessen Schrauben aussahen, als hätten sie zu viel daran zu tragen und längst ihren verdienten Ruhestand antreten sollen. Auf dem Tresen stand eine Registrierkasse, die dem Direktor des Technischen Museums schlaflose Nächte bereiten könnte. Auf dem Fußboden entdeckten wir eine beeindruckende Sammlung von Brettern, Leisten, zertrümmerten Stühlen, alten Malereimern und vergilbten Zeitungen.

»Hier muss es doch irgendwo eine Toilette geben«, sagte ich. »Ohne Toiletten kann man kein Hotel betreiben.«

»Findest du, dass es betrieben aussieht?«

»Toiletten kann man nicht so einfach entfernen. Jetzt lass uns mal sehen ...«

Ich riss eine Tür auf.

Dahinter befand sich tatsächlich ein unappetitliches Badezimmer mit einer vergilbten Toilette.

Gitte betrachtete sie mit einem Seufzer.

»Offenbar haben sie hier keine Hausbesetzer«, sagte ich.

Dann schloss ich höflich die Tür hinter ihr – und musste einsehen, dass ich mich geirrt hatte.

Es gab einen Hausbesetzer. Einen einzigen.

Ein kleines, krummes, altes Männchen mit langen, grauen Haaren, überall aus dem Gesicht sprießenden Bartbüscheln und einem Geruch, der mit der Qualität des in diesem Hotel angebotenen Komforts vollkommen im Einklang stand.

Er kam durch den Flur herangekrochen.

Es schien ihm nicht gut zu gehen. Seine Augen waren vollkommen leer – als hätte er sie erst gestern geleast und sich immer noch nicht daran gewöhnt, sie zu bedienen.

Als er mich erblickte, drückte er sich an der Wand hoch und sagte mit weinerlicher Stimme, wie ein Kind, das Schläge befürchtet: »Erschieß mich nicht!«

»Ich erschieße *nie* jemanden«, sagte ich. »Nicht einmal, wenn ich frei habe.«

Ich versuchte dabei, möglichst beruhigend zu klingen.

Ich zündete mir eine Zigarette an, um meine Harmlosigkeit zu demonstrieren. Wer raucht, der schießt nicht.

Seine Augen folgten dem Rauch.

Ich bot ihm eine Zigarette an, die er mit zitternden Händen entgegennahm. Ich musste sie für ihn anzünden. Kein Problem: Höchstwahrscheinlich besaß er keine Streichhölzer. Verglichen mit ihm war ich ein Millionär: Ich besaß eine ganze Packung Zigaretten und eine Schachtel Streichhölzer.

»Die Kapelle …«, sagte er. »Tot.«

Er legte eine kurze Pause ein, um nach Luft zu schnappen. Dann fügte er hinzu: »Erschossen.«

Gitte kam wieder heraus. Sie war kurz davor zu schreien, als sie das Wesen erblickte, mit dem ich mich unterhielt.

»Wer ist das?«, fragte sie.

»Wir sind uns nicht vorgestellt worden«, antwortete ich. »Wie heißen Sie?«

»Die Kapelle ...«, murmelte er erneut wie ein morphiumbetäubter Patient in Trance. »Tot.«

»Ich glaube, er will uns sagen, dass ein Toter in der Kapelle liegt«, übersetzte ich für Gitte.

Der Mann nickte. Er ruckte so wild mit dem Kopf wie ein Huhn, das nach Körnern pickt.

Und plötzlich war er weg. Er krümmte sich zusammen und verschwand in wildem Galopp.

»Glaubst du, dass er verrückt ist?«, fragte Gitte.

»Ich bin kein Psychiater«, antwortete ich. »Vielleicht ist er nur ein harmloser Spinner. Aber sogar harmlose Spinner können Gefahr laufen, über eine Leiche zu stolpern – ich habe es selber schon bewiesen.«

»Dann müssen wir die Polizei holen.«

»Es gibt keinen Grund, sie zu behelligen, wenn er doch nur irgendwelche Halluzinationen hatte. Ich gehe mal kurz runter und sehe nach.«

»Oh, du, du – Kopenhagener! Du hast ja keine Ahnung, was du da redest!«

»Wie meinst du das?«

»Ach, du gehst nicht einfach ›mal kurz‹ zu Jons Kapelle hinunter – als ob du um die Ecke in deine Stammkneipe spazieren würdest. Ist dir überhaupt klar, wie man dort hinunterkommt? Du musst 133 Stufen hinuntersteigen – oder vielleicht sind es auch 118, ich kann mich nicht so recht daran erinnern –, und es sind Holztreppen; die Chancen stehen also gut, dass du fällst. Und wenn du schließlich alle Stufen hinuntergegangen bist, musst du zwischen Steinen und Felsblöcken am Strand herumklettern, bevor du die Kapelle erreichst. Und das mit deinen Lackschuhen!«

»Ich kann wohl kaum zuerst nach Hause fahren und mir andere Schuhe anziehen, oder?«

»Ich habe doch gesagt, dass du dir vernünftiges Schuhwerk mitnehmen sollst.«

Ich wollte gerade eine beißende Replik liefern zum angeborenen Bedürfnis aller Frauen, einen ganzen Garderobenschrank mit auf Zwei-Tage-Reisen zu nehmen – zusätzlich zum gesamten Badezimmer –, hielt aber ausnahmsweise einmal den Mund. Sie hatte Angst, so viel war klar. Und wie alle Männer hege ich eine instinktive Abneigung gegenüber hysterischen Frauen.

»Ich gehe trotzdem runter und schaue nach«, sagte ich. »Man kann nicht einfach so tun, als wäre nichts, wenn jemand so etwas behauptet.«

»Dann komme ich mit! Ich will hier nicht allein warten – umgeben von Verrückten und Leichen!«

»Komm«, antwortete ich.

Ich legte ihr den Arm um die Schultern – mit jenem festen Griff, den sie so sehr mag – und wir gingen den abschüssigen Kiesweg hinunter.

Die Sonne schien immer noch, und über der Landschaft sangen die Vögel. Wir hätten ein Liebespaar auf einem Waldspaziergang sein können. Was wir auch waren.

Plötzlich endete der Kiesweg. Wir traten aus dem Schatten der Bäume und konnten die Klippe sehen, zerklüftet und stolz wie eine triumphale Todesfalle für einen Menschen.

Die Klippe. Und die 133 – oder waren es 118 – Stufen bis hinunter an ihren Fuß. Wir betraten die erste. Irgendwo muss man schließlich beginnen.

3

133 Stufen – oder vielleicht 118, ich hatte sie nicht gezählt – klingen vielleicht nicht nach besonders viel. Gegenüber dem, was ein ganz normaler, rot uniformierter Postbote auf seiner täglichen Route innerhalb einer Viertelstunde in drei, vier Kopenhagener Treppenhäusern bewältigt, ist es eine Bagatelle.

Aber das hier war keine Treppe nach fester Industrienorm. Die Stufen waren morsch und vermodert, schief, schlammig und zerschlissen.

Die reinste Todesfalle.

Aber, wie ich auch Gitte sagte: »Wenn die deutschen Touristen es können, dann können wir es auch.«

»Glaubst du, dass sich deutsche Touristen hierher verirren?«, fragte Gitte.

»Warum nicht?«, fragte ich. »Ab und zu wollen sie auch mal weg von den ganzen anderen Deutschen, von denen es auf der Insel wimmelt.«

Ich wich dem Thema aus, das sie eigentlich ansprechen wollte.

Mit Absicht.

Wenn ich zu viel über Bornholm erzählt hätte, wäre ihr klar geworden, wie viel ich über die Insel in Wirklichkeit wusste.

Wenn es so weit gekommen wäre, hätte sie mich gefragt, warum.

Und das Leben hat mich langsam – aber sicher – gelehrt, dass man schlecht beraten ist, wenn man seiner gegenwärtigen Partnerin von früheren Liebschaften erzählt.

Von der Mitte der Treppe hatten wir eine schwindelerregend schöne Aussicht.

Vom Fuß der Treppe war sie geradezu erschreckend.

Ein riesiger Fels türmte sich über unseren Köpfen auf, gezackt und zerklüftet wie die Collage einer Klippe. In der Mitte sah man eine Öffnung, gerade groß genug für einen erwachsenen Mann. Der Weg zu diesem Loch führte, wie Gitte so richtig bemerkt hatte, quer über eine Reihe von Steinen und Felsblöcken von unregelmäßiger – allerdings eindeutig glatter – Oberfläche hinweg.

Vor uns brauste das Meer. Die Wellen peitschten gegen das Gestein und schleuderten Schaum in die Luft, um unmissverständlich zu zeigen, wozu sie in der Lage wären, wenn sie sich für die Touristen mal richtig ins Zeug legen würden.

Gerade als wir uns auf die Felsen begaben, verschwand die Sonne, als ob der Vorhang einer Theaterbühne sich öffnete, auf der ein Sturm losbrach. Es sah aus, als hätte der liebe Gott das Licht ausgeschaltet.

Gitte drohte auf einem glatten Stein auszurutschen.

Auch sie trug kein »vernünftiges Schuhwerk«, aber jetzt war nicht die Zeit, sie damit aufzuziehen. Das musste noch warten.

In der Zwischenzeit zog ich sie ohne Kommentar herauf, und wir erreichten die Öffnung. Vor dem Eingang bückte ich mich und streckte mich erst wieder, als ich in der Höhle war, in Jons Kapelle.

Es war dunkel, sogar jetzt am frühen Nachmittag. Nur ein einzelnes kleines Loch zwischen zwei Steinen – vermutlich ein Fenster, das Jon seinerzeit zur besseren Belüftung ausgemeißelt hatte, ließ ein bisschen Licht über die Steinbrocken fallen.

Durch dieses Loch kam die Kugel.

Aus irgendeinem Grund – es muss einen besonderen Schutzheiligen für diejenigen geben, die nicht an Heilige glauben – nahm ich sie in letzter Sekunde wahr. Ich schubste uns beide nach hinten in den dunkelsten Winkel der Höhle.

Einen Augenblick später folgte der nächste Schuss. Die Kugel prallte vom Granit ab – aber der Querschläger ging in eine andere Richtung als unsere.

Ich legte eine Hand über Gittes Mund.

Der geheimste Traum eines jeden Mannes.

Eine Viertelstunde lang rührten wir uns nicht von der Stelle. Wir waren ebenso unbeweglich wie der Fels um uns herum.

Es fielen keine weiteren Schüsse.

Aber vielleicht wartete der unbekannte Schütze nur darauf, dass wir uns wieder ans Licht wagten.

Und vielleicht war er ein sehr geduldiger Mensch.

Ich ging das Risiko ein und zündete ein Streichholz an. Gitte war weiß im Gesicht – noch weißer als die Brandung draußen.

Ich folgte ihrem Blick und sah, weshalb. Am entgegengesetzten Ende der Kapelle, höchstens zwei Meter von uns entfernt, lag – etwas.

Es ähnelte möglicherweise einem Menschen.

»Bleib hier«, flüsterte ich ihr zu und drückte sie gegen die Wand.

Auf allen Vieren kroch ich zu dem Mann hinüber und fühlte seinen Puls.

Er hatte keinen.

Vorsichtig drehte ich ihn um, damit ich sein Gesicht sehen konnte.

Es war ein Gesicht, das ich kannte.

Ich hatte es zwar gerade erst kennen gelernt, aber trotzdem.

Michael Dam.

Der ehemals zukünftige Mann meiner Schwester.

Erschossen – wie der Verrückte ganz richtig gesagt hatte. Das Blut auf seiner Brust begann gerade zu gerinnen. Die Tat konnte noch nicht allzu lange her sein.

Es konnte auch höchstens eine Dreiviertelstunde her sein, dass wir uns von ihm und Lone vor der Kirche in Hasle getrennt hatten.

Wir hätten in Kopenhagen bleiben sollen.

Ich kroch unter dem Lichtloch entlang zurück zu Gitte. Unterwegs richtete ich mich zu fast ganzer Größe auf und starrte hinaus. Es war nichts zu sehen. Nichts außer Klippen und Bäumen.

»Lass uns zusehen, dass wir hier rauskommen«, sagte ich.

»Ist da draußen – etwas?«, fragte sie.

»Komm jetzt.«

»Und wenn jetzt …?«

»Ich gehe zuerst.«

Man hat schließlich amerikanische B-Filme gesehen. Man weiß schon, wie man reagieren muss.

Ich ging hinaus und holte Luft – tief und lange. Dabei passierte gar nichts.

Dann rief ich Gitte, und wir kletterten langsam über die Felsen hinweg zur Treppe.

Als wir die unterste Stufe erreichten, kam die Sonne wieder heraus. Wie nett von ihr, sich allein unsertwegen solche Umstände zu machen, obwohl es ein bisschen zu spät war.

Der Waldspaziergang war verdorben.

»Was war es denn?«, fragte Gitte.

»Eine Leiche«, antwortete ich. »Der Alte hatte recht. Komm, lass uns zum Auto gehen und ein Telefon suchen, damit wir die Polizei rufen können.«

Der Weg hinauf war für einen Mann mit meiner Kondition ein hartes Stück Arbeit. Zu spät musste ich einsehen, dass vierzig Zigaretten am Tag – dazu noch die eine oder andere weitere Sünde – auf mehr als eine Weise bezahlt werden müssen.

Erst als wir wieder ganz oben waren und oberhalb der Kapelle auf den Klippen standen, unterhielten wir uns weiter.

»Das ist das Schlimmste, was ich je erlebt habe«, sagte Gitte – immer noch zitternd.

»Denk an die Samstagabendunterhaltung im dänischen Fernsehen«, antwortete ich. »Es gibt also Schlimmeres.«

»Du schlägst immer alles in den Wind.«

»Das ist nun einmal meine kleine Rolle. Wir Menschen sind alle schlechte Schauspieler, wie Shakespeare schon sagte.«

»Ich bin froh, dass du da bist«, antwortete sie – mit dieser weichen Stimme, die sie im Gerichtssaal jedenfalls nie verwendet und außerhalb davon auch nur selten.

Ich gab ihr einen Kuss, aber sie hatte vorher schon Herzklopfen.

Langsam gingen wir zum Auto und fuhren vom Parkplatz. Es war kein Mensch zu sehen.

»Wir versuchen unterwegs ein Telefon zu finden«, sagte ich. »Und dann fahren wir nach Hasle zurück. Lone wird auf uns warten.«

»Und Michael«, sagte sie.

Ich antwortete nicht. Gitte ist ein tapferes Mädchen, aber zu viele Schocks auf einmal können selbst für große, tapfere Mädchen ungesund sein.

Das erste Haus, das wir sahen, war ein gepflegter Bauernhof. Es gelang mir, Gitte davon zu überzeugen, im Auto sitzen zu bleiben und »zur Ruhe zu kommen«, wie meine Tante es ausgedrückt hätte, während ich hineinging, um zu telefonieren.

Niemand reagierte, als ich an die Eingangstür klopfte, also ging ich hinter das Haus und gelangte auf einen Innenhof, wo ein junger Mann damit beschäftigt war, Brennholz zu hacken. Der Schweiß lief in Strömen an ihm herab.

Erst als ich das sah, bemerkte ich, wie wenig anders es mir erging.

Er hatte es offensichtlich auch bemerkt, denn er sagte: »Was ist denn los?«

»Ich würde gern telefonieren«, antwortete ich. »Ich muss die Polizei rufen. Ich habe eine Leiche gefunden.«

»Hier?«, rief er aus.

Anscheinend waren Leichen für ihn an anderen, größeren, gefährlicheren Orten zu Hause. So etwas hatte man auf Bornholm nicht vorrätig.

Aber er war ein hilfsbereiter Mann. Er gab mir nicht nur die Nummer der Polizeiwache in Rønne, sondern bot mir auch ein Gläschen an – einen Kräuterbitter, von dem er beruhigenderweise behauptete, es handele sich um eine lokale Spezialität.

Ganz offenbar im Gegensatz zu Leichen.

Die Polizei in Rønne war derselben Auffassung. Der Diensthabende am Telefon teilte mir sofort und ungefragt mit, dass er mir nicht glauben würde.

Ich antwortete, dass er mich gern einem Alkoholtest unterziehen dürfe. Ich gab ihm meinen vollen Namen und meine Adresse mitsamt Sozialversicherungsnummer, betonte sicherheitshalber, dass ich Journalist war, und fügte hinzu, soeben aus Kopenhagen eingetroffen zu sein.

»Da sollten sie lieber mit dem Polizeichef sprechen«, sagte er.

Damit hatte er sich, wie die Beamten zu sagen pflegen, »den Rücken freigehalten«.

Ich sprach mit dem Polizeichef. Er begegnete mir ebenso skeptisch, versprach mir aber, sich so schnell wie möglich mit mir vor der Kirche in Hasle zu treffen.

»Wo sind Sie jetzt?«, fragte er.

Ich schaute meinen unfreiwilligen Gastgeber an, der alles aufmerksam verfolgt hatte. Ich brauchte ihn nicht zu fragen.

»Snedkergården bei Helligpeder«, sagte er.

Ich wiederholte es.

»Warum warten sie dann nicht einfach dort?«

»Weil die Leiche morgen meine Schwester heiraten wollte. Er heißt – hieß – Michael Dam und war Lehrer in Hasle – und dort wartet meine Schwester. Sie bereitet gerade die Trauung vor. Wäre es nicht am besten, wenn ich es ihr erzählen würde?«

»Doch«, sagte der Polizeichef mit schleppender Stimme, so langsam sprechend, wie ein Posaunist in Glenn Millers Big Band spielte. »Doch, das wäre wohl besser. Lassen Sie sich ein Glas von Andreas' Kräuterschnaps einschenken – Sie klingen, als könnten Sie es gebrauchen.«

»Bis dann«, sagte ich und legte den Hörer auf.

Wie durch Gedankenübertragung hatte Andreas mein Gläschen schon wieder gefüllt.

»Das tut mir leid«, sagte er ruhig. »Meine zwei Kinder gehen in Hasle zur Schule. Ich habe Michael gekannt. Lone kenne ich auch. Jetzt sehe ich auch, dass Sie ihr sehr ähneln.«

»Danke«, sagte ich. »Kennen Sie möglicherweise auch …«

Ich beschrieb ihm den buckeligen Vagabunden mit den langen grauen Haaren.

»Ja«, sagte er. »Das ist nur der Gebückte Emil – oder der Verrückte Emil, wie manche ihn auch nennen. Er ist ein bisschen – wunderlich, aber vollkommen harmlos. Er hat sein ganzes Leben in dieser Gegend verbracht. Manchmal kommt er zu uns, und wir geben ihm ein Fresspaket mit. Wir alle kennen ihn.«

Ich kippte den Kräuterbitter – ein zum Anlass äußerst passendes Getränk –, drückte ihm die Hand, verabschiedete mich, dankte ihm für seine Hilfe und ging zu Gitte zurück.

»Das hat aber gedauert«, sagte sie.

»Wir sind auf dem Land«, antwortete ich kurz und bündig.

Erst als wir vor der Kirche in Hasle hielten, erzählte ich ihr die Wahrheit, die ganze Wahrheit und nichts als die Wahrheit.

Ich war froh, dass ich es nicht schon vorher gemacht hatte. Zumindest nicht, während sie noch das Auto lenkte.

Sie stand so kurz vor einer Ohnmacht, wie ich es bei ihr noch nie erlebt hatte. Dann riss sie sich zusammen, wurde praktisch und sagte: »Wirst du es ihr sagen?«

»Ja«, sagte ich, »wenn du hier so lange auf die Polizei wartest.«

In der Kirche, einer kleinen, freundlichen, kühlen Kirche, saß Lone und sprach mit dem Pastor. Er war ein älterer Mann, der sich sofort erhob und mir mit ausgestreckter Hand entgegenkam.

»Guten Tag, Herr Pastor«, sagte ich mit gedämpfter Stimme. »Ich fürchte, Sie werden gebraucht – für eine ganz andere Aufgabe als diejenige, die geplant war. Wenn ich Ihnen erzählen darf …«

4

Lone wurde nicht ohnmächtig. Sie weinte nicht einmal.

Sie sah einfach nur mit leeren Augen in die Luft und sagte ausdruckslos: »Nein … Nein … Nein …«

Der Pastor versuchte, sie über die linke Schulter hinweg zu trösten, ich über die rechte. Es war ziemlich aussichtslos. Es gibt keinen Trost, wenn so etwas geschieht, es gibt ohnehin niemals so etwas wie »Trost«, das ist einfach nur ein Wort, und ich hatte das Gefühl, dass auch der Pastor es wusste.

Vor uns hing Jesus an seinem Kreuz, umringt von biblischen Motiven. Er sah aus, als würde er alles sehr bedauern, dabei habe er doch alles getan, was er konnte.

»Nein … Nein … Nein …«, wiederholte Lone ihr rhythmisches Klagen.

Von draußen erreichte uns ein neues Geräusch und übertönte das Lärmen der Kinder: die heulenden Sirenen eines Polizeiautos.

Gitte betrat die Kirche, kam still zu uns herüber und flüsterte mir zu, dass der Polizeichef mich sprechen wolle. Leise, fast unmerklich übernahm sie meinen Platz an Lones Seite.

Polizeichef Koch – so hatte er sich mir vorgestellt – war ein kräftig gebauter, rotwangiger Mann, der nicht aussah, als verbrächte er viele Stunden in seinem Büro, sondern vielleicht eher im Garten oder in der freien Natur.

»Es tut mir leid«, sagte er.

Sein Stimme klang so eindringlich, als meinte er es wirklich – wenn das nicht einfach nur am Bornholmer Dialekt lag. Dieser strahlt eine gewisse Glaubwürdigkeit aus, die anderen dänischen Dialekten häufig fehlt.

»Sie müssen die Umstände entschuldigen, mit denen ihr Hinweis entgegengenommen wurde. Wir sind so etwas nicht gewohnt. Seit dem letzten Mal sind fünf Jahre vergangen – und davor waren es zwanzig.«

»Es beschleunigt sich offenbar«, bemerkte ich. »Irgendwann endet es damit, dass Sie jedes Jahr einen Mord haben.«

»Dort, wo Sie herkommen«, sagte der Polizeichef mit einem launigen Glitzern in den Augen, »gibt es wohl jede Stunde einen?«

Ich kam zu der Auffassung, dass ich mit Koch gut zurechtkommen würde. Humor ist eine seltene Gabe – nicht zuletzt unter Bullen.

»Ich bin natürlich gezwungen, Ihre Schwester zu vernehmen«, sagte er. »Aber das kann noch warten. Ich schlage vor, dass Sie uns zu Jons Kapelle begleiten – dann können Sie mir unterwegs alle Einzelheiten erzählen.«

»Ehrlich gesagt glaube ich, dass wir einen Arzt für meine Schwester rufen sollten.«

»Dafür werden wir sorgen«, antwortete Koch.

Ein weiterer Streifenwagen traf ein. Der Polizeichef gab seinen Polizisten ein paar Befehle, während ich mich wieder in die Kirche begab.

Dort drinnen war alles so ruhig. In Kirchen ist es immer ruhig. Wenn man einmal die ganze Geschichte mit den Religionen und dem Christentum und den Bekenntnissen und der Verzeihung und der Vergebung der Sünden und all diesen Dingen vergaß, würde man deutlich erkennen, dass der einzige Grund, warum man Kirchen baut, darin besteht, dass man einen Ort haben möchte, nur einen einzigen Ort, an dem es auch heutzutage ruhig ist.

»Wir fahren zur Kapelle hinaus«, sagte ich.

»Ich will nicht noch einmal – dort hinunter«, sagte Gitte. »Nie wieder.«

»Nein, aber hör zu: Bald kommt ein Arzt. Du fährst Lone nach Hause nach Svaneke – zusammen mit dem Arzt – und bleibst bei ihr. Ich komme so schnell wie möglich nach. Sie wohnt im Oluf Høstsvej 24, du kannst ihn nicht verfehlen, er ist direkt am Marktplatz von Svaneke. Wie alles andere in Svaneke im Übrigen auch.«

»Du kennst dich in Svaneke aus?«

»Oberflächlich – ich hatte einmal ein paar Freunde dort. Sei so lieb und kümmere dich um Lone – ich komme dann nach.«

Ich ließ zwei von Trauer gebeugte Frauen zurück – ein trauriges, aber schönes Bild – und verabschiedete mich vom Pastor. Er stand aufrecht, aber melancholisch da, und niemand, der ihn in diesem Augenblick sah, wäre – trotz seines zivilen grauen Anzugs – auf die Idee gekommen, er könnte etwas anderes als ein Pastor sein.

»Soll ich Ihre Schwester begleiten?«, fragte er.

Ich stand kurz davor, ihm meine unmaßgebliche Meinung über den Nutzen von Pastoren ins Gesicht zu schleudern, als mir klar wurde, dass der Mann einfach nur nett war.

»Ich glaube nicht, dass das nötig ist«, antwortete ich. »Ein Arzt ist bereits unterwegs, und meine – Verlobte – wird sie auch begleiten.«

Ich hatte noch niemals zuvor das Wort »Verlobte« benutzt. So etwas gehört zu den Dingen, die einen plötzlich überkommen, wenn man in einer Kirche steht.

Auf der Fahrt durch Helligpeder erzählte ich dem Polizeichef die Geschichte – die ganze Geschichte, so kurz sie auch war.

»Es klingt so«, sagte Koch, »als wäre alles sehr schnell gegangen. Sie verabschieden sich von Michael Dam und fahren zu Jons Kapelle, und nur eine halbe Stunde später finden Sie seine Leiche, nachdem sie vorher bereits vom Verrückten Emil entdeckt worden war. Dam muss schnell gefahren sein. Und was wollte er dort überhaupt?«

»Keine Ahnung. Kennen Sie den Verrückten Emil?«

»Alle kennen den Verrückten Emil. Er ist vollkommen harmlos. Bei uns gibt es viele von der Sorte.«

»Was ich nicht verstehe«, sagte ich, »ist die Tatsache, dass der Mörder noch dageblieben ist. Nachdem wir das Hotel betreten haben, muss mindestens eine Viertelstunde vergangen sein, bis wir entdeckten, dass der Verrückte Emil es wirklich ernst meinte mit dieser Leiche, und er hat sie als Erster entdeckt und muss auch seine Zeit gebraucht haben, um wieder nach oben zu kommen – und trotzdem bleibt der Mörder einfach unten bei der Kapelle und wartet.«

»Ja«, sagte Koch, »das klingt merkwürdig. Sehr merkwürdig.«

Und dann fügte er in seinem singenden Bornholmerisch hinzu: »Aber dafür haben wir allein Ihr Wort.«

Wenn ich zehn Jahre jünger gewesen wäre, hätte ich lautstark protestiert, hätte ihm eine verpasst, wäre eine Gefahr für den Straßenverkehr geworden und mindestens wegen Tätlichkeiten in vorläufige Verwahrung gesteckt worden.

Aber ich war nun einmal zehn Jahre älter, wie wenig ich das auch zu schätzen wusste. Ich begnügte mich mit der Bemerkung, ich sei nicht in mörderischer Absicht nach Bornholm gereist und hätte zwei Zeugen: Gitte und Emil.

Erst als ich die beiden erwähnt hatte, wurde mir klar, wie wenig mir gerade diese beiden – rein juristisch – nützen würden: eine »Verlobte« und ein Irrer.

»Immer mit der Ruhe«, sagte Koch. »Das war keine Anschuldigung. Sie haben aber auch Nerven.«

»Irgendwann kommt auch das – mit der Zeit.«

Als wir vor dem Hotel parkten, fiel mir etwas ein.

»Sagen Sie«, fragte ich, »wo ist eigentlich Michael Dams Auto?«

Es war mir vorher gar nicht aufgefallen. Aber genau wie Gitte und ich beim ersten Mal allein auf dem Parkplatz gestanden hatten, war auch jetzt kein anderes Auto zu sehen.

Der Polizeichef zuckte nur mit den Schultern.

Der nächste Streifenwagen traf ein. Drei Mann stiegen aus.

»Möchten Sie mit nach unten kommen?«, fragte Koch.

Ich hatte allergrößte Lust, mit Nein zu antworten, aber genau deshalb ging ich wahrscheinlich mit.

Wenn alles zusammen nur ein echter Albtraum war, wäre die Leiche jetzt, wie in einem Horrorschocker, wieder verschwunden.

Aber es war ein noch echterer Albtraum: Die Leiche lag immer noch da. Alles sah aus wie vorhin. Der einzige Unterschied bestand darin, dass das Blut mittlerweile vollständig geronnen und zu einem klebrigen Fladen verklumpt war.

Es konnten sich nicht mehr als vier gebückte Menschen gleichzeitig in der Kapelle aufhalten, also hielt ich mich im Großen und Ganzen raus und versuchte mich für das Schwappen der Wellen zu interessieren. Ich tat mein Bestes. Wenn ich die Strömung, die Steine und die Klippen betrachtete, musste ich zumindest zugeben, dass Jon Glück gehabt hatte. Und vielleicht ist der Unterschied zwischen einem glücklichen und einem heiligen Menschen gar nicht so groß.

Zwei der Bullen kamen mit der Leiche aus der Höhle heraus, und wir arbeiteten uns wieder die 133 Stufen hinauf – diesmal hatte ich sie gezählt. Ich durfte nicht vergessen, es Gitte zu erzählen.

Die Leiche wurde auf den Rücksitz des Streifenwagens gelegt.

Mittlerweile begann der Nachmittag längere Schatten zu werfen. Die Kälte kroch unter die Kleidung.

»Wo möchten Sie hin?«, fragte der Polizeichef, so höflich und zuvorkommend wie ein Taxichauffeur.

»Nach Svaneke, danke«, antwortete ich. »Nach Hause zu meiner Schwester – im Oluf Høstsvej.«

Zwei Männer fuhren die Leiche zum Krankenhaus in Rønne. Der dritte saß auf dem Rücksitz hinter mir und dem Polizeichef.

Der Polizeichef war sehr optimistisch.

»Sie werden sehen«, sagte er. »Wir werden ihn noch vor heute Abend haben.«

»Wen?«

»Den Mörder natürlich. Wollen wir wetten?«

»Worum wollen Sie denn wetten?«

»Ein Flasche Kräuterbitter.«

»Das geht doch nicht. Den kann man doch nicht kaufen. Das wäre ja gegen das Gesetz!«

»Das ist ja gerade das Besondere daran. Aber jetzt hören Sie mal zu: Ich setze eine Flasche echten hausgemachten, illegalen Bornholmer Kräuterbitter gegen eine Flasche schottischen Industriewhisky, dass wir ihn vor Mitternacht haben.«

»O. k.«

Dann redeten wir nicht weiter darüber.

Koch fand das Haus meiner Schwester so sicher, als wohne er selbst darin. Wahrscheinlich kannte er jedes einzelne Haus auf Bornholm mit Vornamen.

Es war ein kleines zweistöckiges Backsteinhaus in kräftigem Rot.

Die Tür stand offen, und ich trat ohne weitere Umstände ein.

Die Diele führte weiter in eine Küche, und dort saß Gitte – mit der selbstsicheren Miene, die, egal, wo sie sich befand, immer zu sagen schien, dass sie dort zu Hause sei, als hätte sie ihr ganzes Leben in Bornholmer Bauernhäusern verbracht und in Wirklichkeit stets dorthin gehört.

»Psssst!«, sagte sie und reichte mir eine Tasse Kaffee. »Der Arzt ist immer noch oben bei ihr. Wie ist es gelaufen?«

»Keine Ahnung. Der Polizeichef hat gewettet, dass er den Mörder bis heute Abend hat.«

»Dann muss er unheimlich tüchtig sein.«

»Er kommt mir wie ein Gauner vor.«

»Die sind doch oft tüchtig, oder?«

»Allerdings. Weißt du, wie die Bornholmer einen Gauner nennen?«

»Nein?«

»Ein *Sluusohr.*«

»Du kennst die Insel anscheinend ziemlich gut.«

»Wir sind hier nicht auf der ›Insel‹. Die ›Insel‹ ist das kleine Christiansø östlich von uns. Wir sind auf dem ›Land‹.«

»Das bestätigt nur, was ich vermute.«

Der Arzt kam herein, bevor wir das Thema vertiefen konnten. Er war ein groß gewachsener Mann mit müdem Gesichtsausdruck und tiefen Furchen überall dort im Gesicht, wo es Platz für Furchen gab, und zwischendrin mit jungen, knospenden Furchen, die entgegen aller Vernunft versuchten, mit den alten zu konkurrieren.

»Wie sieht es aus, Herr Doktor?«, fragte ich wohlerzogen.

»Sie hat einen Schock erlitten«, sagte der Arzt langsam und deutlich, als würde er zu Imbezilen sprechen – eine Angewohnheit, die sich Ärzte des Öfteren zulegen, »was unter den gegebenen Umständen verständlich ist – es wäre unnatürlich gewesen, wenn sie keinen Schock davongetragen hätte. Sie ist ansonsten gesund. Was der Schock hinlänglich beweist.«

»Haben Sie ihr ein Betäubungsmittel gegeben?«

»Warum denn?«, fragte er im selben Tonfall. »Dann würde sie einfach nur die ganze Zeit schlafen – und morgen wäre alles noch schlimmer. Heutzutage werden viel zu viele Betäubungsmittel verschrieben. Man kann die Herzenstrauer nicht mithilfe von Morphium reduzieren. Es ist besser, wenn sie diesen Albtraum so übersteht, wie er wirklich ist. Es wäre ziemlich einfach, ihr ein Schlafmittel zu geben, eine meiner leichtesten Übungen, aber es hätte überhaupt keinen Sinn. Es ist tausendfach schwieriger, sie ohne Chemie durch die Nacht zu bringen – und das können Sie beide tun, Sie sind ihre nächsten Angehörigen. Tun Sie für sie, was Sie können. Hier haben Sie meine Karte. Rufen Sie an, wenn es schlimmer wird. Ich werde zu Hause sein.«

Er legte seine Karte auf den Tisch und ging. Als er die Haustür geöffnet hatte, drehte er sich noch einmal um und sagte:

»Als Arzt bin ich ein bisschen altmodisch.«

Einen Augenblick lang sahen wir einander an.

Dann gingen Gitte und ich zu ihr hinauf.

Sie hatte ihr Gesicht im Kissen begraben und weinte wie ein kleines Mädchen, das sein Kätzchen verloren hat.

Wir ließen sie sich ausweinen.

»Wir sind es nur«, sagte ich so sanft wie möglich – aber ausdruckslos.

Sie drehte sich zu uns um, und ihre graugrünen Augen betrachteten uns müde und hoffnungslos.

Und genau in diesem Augenblick erklangen schwere, schleppende Schritte, die sich über die Treppe näherten.

5

»Nein … Nein … Nein …«, stöhnte Lone, wieder wie in Trance.

Gitte zog sich instinktiv unter die Querbalken zurück. Wie ein verschrecktes Tier.

Ich hielt Lones Hand und blieb neben ihr sitzen.

Das Tier in der Tür hätte eine jüngere Ausgabe des Verrückten Emils sein können. Der Mann war zwar rothaarig, gedrungen und stiernackig, sodass er Emil körperlich überhaupt nicht ähnelte, aber es gab eine Übereinstimmung: die Augen. Sie starrten genauso leer.

Und manchmal sagen ein Paar Augen – so wenig sie auch den gesamten menschlichen Körper repräsentieren – mehr als der ganze Rest.

Mehr sogar als beispielsweise die Pistole, die von einem Teil dieses Restes – in diesem Fall die rechte Hand – gehalten wurde.

»Ich habe ihn erwischt!«, sagte der Unhold triumphierend.

Er starrte nur auf Lone. Sie war diejenige, mit der er sprach. Vielleicht war in seinem Kopf nur für eine Idee und eine Person auf einmal Platz – sonst wurde es zu kompliziert.

»Ich habe ihn erwischt!«, wiederholte er.

Wie ein Revuedarsteller, wenn die erwarteten Beifallsstürme ausgeblieben waren.

Erst dann entdeckte er mich.

»Was?«, rief er. »Du hast schon wieder einen Neuen?«

»Kristian ...«, flehte Lone, als wäre sie soeben aus einem Albtraum erwacht.

»Du lässt mich einfach sitzen, weil Michael hübscher ist, was? Und sobald Michael tot ist, suchst du dir einen Neuen – mit derselben ...«

»Kristian, das ist mein Bruder!«

»Dein Bruder, dein Bruder – das habe ich früher schon gehört. Ich glaube, ich habe noch nie ein Mädchen gekannt, das weniger als zehn Brüder hatte.«

Lone zitterte unter der Decke.

Ich stand auf – ohne ihre Hand loszulassen.

»Worum geht es hier?«, fragte ich.

Ich versuchte, sachlich zu klingen. Als ob es hier um ernsthafte Verhandlungen ginge und er nicht mit einer Pistole in der Hand dastünde.

»Das weißt du ganz genau«, sagte er. »Du hast mir mein Mädchen weggenommen – genauso wie dieser ... Dam ...«

»Kristian ...«, sagte Lone.

»Dann könnt ihr einander Gesellschaft leisten«, sagte Kristian. »Ihr werdet auf gleiche Weise enden.«

»Um ganz auf Nummer sicher zu gehen«, sagte ich, »möchte ich gern darauf hinweisen, dass ich in Kopenhagen begraben werden will. Bornholm den Bornholmern!«

Gitte verkroch sich noch weiter in das Halbdunkel unter den Querbalken.

Kristian starrte Lone und mich weiter unverwandt an. Seine Augen rührten sich keinen Millimeter.

»Ihr Schweine!«, sagte er, langsam und verbissen, als wollte er jedem einzelnen Vokal geben, was ihm zukam.

Ich versuchte es mit der pädagogischen Variante.

»Jetzt pass mal auf«, sagte ich, so langsam wie der Arzt, mit dem wir gerade gesprochen hatten. »Ich kann beweisen, dass wir Geschwister sind. Hier in meiner Jackentasche befinden sich mein Ausweis, mein Pass und meine Krankenversicherungskarte – alle drei Papiere beweisen, dass Lone und ich denselben Nachnamen tragen …«

Ich bewegte meine Hand zur Innentasche meiner Jacke, aber ich musste mitten in der Bewegung innehalten, als er mit der Pistole wedelte.

»Du bist ihr Mann!«, sagte er. »Du bist gekommen, um sie zu holen!«

Er war keiner Vernunft zugänglich. Wenn ich dokumentieren könnte, dass Lone und ich Geschwister waren – aber wie konnte man das? –, würde er uns einfach der Blutschande bezichtigen, und wir wären keinen Schritt weitergekommen.

Wir hatten nichts zu verlieren.

Ich fragte Lone, wer dieses Wesen sei.

Die Pistole zitterte, als hätte sie Angst vor der Antwort.

»Kristian Kofoed«, sagte Lone. »Der Hausmeister unserer Schule.«

»Dein früherer Liebhaber?«

Kofoed hätte gern die Pistole benutzt, seine Finger krümmten sich, aber er war, so wie ich gehofft hatte, zu sehr an der Antwort interessiert.

Lone sah mich resigniert an.

»Nein«, sagte sie. »Ein einsamer, armer Mann, mit dem ich ab und zu ins Kino gegangen bin – bevor Michael an unsere Schule kam.«

Kofoed hob die Pistole.

»Das ist gelogen! Gib zu, dass du gelogen hast!«

Lone sagte sanft: »Du weißt selbst, dass es keine Lüge ist. Du bringst doch nichts zu Stande.«

Kofoed wankte einen Augenblick lang, wie von einem Gedanken getroffen. Dann fasste er einen Entschluss und richtete die Pistole auf mich.

Es war eindeutig: Er traute sich nicht, Lone zu erschießen. Aber irgendjemanden musste er einfach erschießen.

Und er schoss, aber er traf nicht. Im selben Augenblick, als er den Abzug drückte, fiel er, von einem Tischbein am Hinterkopf getroffen, vornüber und unterzog den Fußboden einer genaueren Untersuchung.

Die Kugel pfiff durch die Fensterscheibe.

Und kurze Zeit später war Lones bescheidenes Schlafzimmer voller Menschen. Der Polizeichef brachte zwei seiner Leute mit, und schon war ein Betrieb wie in Kopenhagen zur Rushhour.

Es dauerte eine Weile, bevor ich es bemerkte. Ich war damit beschäftigt, Gitte zu umarmen und ihr etwas zuzuflüstern.

»Hinten in der Ecke stand ein Waschtisch«, sagte sie. »Er sah schon ziemlich alt und reif für den Sperrmüll aus. Ich habe ein Bein abgeschraubt.«

Manche Männer haben eben ein Talent, die Frau fürs Leben zu finden.

Kofoed stand auf. Er warf Lone einen zutiefst vorwurfsvollen Blick zu und drehte sich zur Polizei um.

Er hatte die Pistole wieder in der Hand.

Alle standen vor ihm. Er beherrschte das Feld wie ein Billardspieler, vor dem sich Kugeln und Kegel aufreihten.

»Kommst du mit?«, fragte Koch.

Er klang unerschrocken.

Kofoed zielte auf Koch und drückte ab. Zwei Schüsse krachten gleichzeitig.

Kofoeds und Kochs – durch die Jackentasche.

Kofoeds traf nicht. Nicht sein Fehler, denn meine umsichtige Schwester hatte genau in der Sekunde, als er abdrückte, ihre Decke über ihn geworfen, sodass der Schuss in die Zimmerdecke ging und bloß ein bisschen Putz hinunterrieseln ließ.

Kochs traf auch nicht. Aus demselben Grund – weil Kofoed nämlich wegen der Decke nach hinten taumelte und fiel.

Kochs nächster Schuss traf – durch die Decke.

Danach schauten nur der Kopf und ein Fuß darunter hervor.

Wer irgendwann noch einmal unter dieser Decke schlafen wollte, würde gute Nerven brauchen.

»Vielen Dank für die Hilfe«, sagte der Polizeichef zu Lone.

Sie war weißer als gekalkter Granit.

»Alles, was ich sagte, ist wahr«, sagte sie – zu ihrer Verteidigung, als wäre sie hier die Angeklagte.

»Ich weiß«, sagte Koch. »Ich kenne ihn.«

Er drehte sich um und betrachtete uns andere.

»Das Auto – Michael Dams Auto, oder genauer gesagt, das Auto, das Michael Dam sich geliehen hatte – steht draußen. Wir hatten den größten Teil eures Gesprächs gehört. Da gab es nichts misszuverstehen, und seine Pistole ist der endgültige Beweis. Und wir sind schließlich Zeugen seines Geständnisses, oder nicht?«

Er zählte laut: zwei seiner Leute, zwei. Lone, drei. Gitte, vier. Ich, fünf.

Zum Schluss deutete er auf seinen eigenen runden Bauch.

»Fünf Zeugen. Ich schreibe den Bericht. Sind sich alle einig, dass er den Mord an Michael Dam gestanden und sich seiner Festnahme widersetzt hat?«

Die beiden Polizisten nickten zuerst, so unisono wie Bläser in einer Marschkapelle.

Dann Gitte. Dann ich.

Und schließlich Lone.

»Und Sie sind alle bereit, eine Zeugenaussage zu unterschreiben?«

Dieses Mal nickten wir alle gleichzeitig. Wir lernten es so langsam.

Die Leiche wurde hinausgetragen. Ich schaute auf die Uhr. Es war ein langer Tag gewesen, aber es war erst 19.30 Uhr.

»Ich bin so müde«, sagte Gitte.

»Direkt nebenan ist ein Gästezimmer«, sagte Lone.

Sie klang so, als hätte sie das Morphium bekommen, das ihr der Arzt nicht geben wollte.

Was bewies, wie recht er hatte: Die Wirklichkeit selber ist auch Morphium.

»Darf ich Ihren Mann für einen Augenblick entführen?«, fragte der Polizeichef Gitte höflich. »Dann können wir die Formalitäten regeln, ohne den Damen zur Last zu fallen.«

»Danke«, sagte Gitte.

»Schließ die Tür ab«, fügte Lone hinzu, »und gib ihm den Schlüssel.«

So geschah es.

Noch einmal fuhr ein Streifenwagen mit einer Leiche davon, und Koch und ich standen in der Dämmerung und schauten uns an. Wind kam auf. In diesem Augenblick mussten die Wellen um Jons Kapelle tosen. Vielleicht würde heute Abend ein neuer Jon stranden.

»Sie schienen alles schon im Voraus gewusst zu haben«, sagte ich.

»Bis zu einem gewissen Grad«, antwortete er bescheiden. »Nachdem wir Sie nach Hause gefahren hatten, unterhielt ich mich mit dem Verrückten Emil, und er erzählte mir, wer seiner Meinung nach geschossen hatte, bevor er dann abhaute. Er erzählte es nur ungern, aber ich konnte es ihm trotzdem aus der Nase ziehen. Wissen Sie: Kofoed war sein Neffe. Emil heißt auch Kofoed. Hier heißen übrigens viele Kofoed. Von den Irren bis zu den Parlamentsabgeordneten.«

»Und den Mördern.«

»Ja, ja. Aber er war ein armes Würstchen – wie Emil auch. Der Unterschied bestand allein darin, dass er ein aggressives Würstchen und Ihre Schwester nett zu ihm gewesen war – das hatte er missverstanden.«

»Warum wird in dieser Welt immer nur die Freundlichkeit missverstanden?«, fragte ich. »Warum ist es niemals umgekehrt?«

»Tja-a«, sagte er mit einem vollmondhaften Grinsen. »Das könnte doch daran liegen, dass das Gegenteil von Freundlichkeit nur schwer misszuverstehen ist.«

Er komplimentierte mich in seinen Wagen.

»Und was jetzt?«, fragte ich.

»Svaneke Bodega«, antwortete er. »Haben wir nicht um eine Flasche Kräuterbitter gewettet? Und wurde der Mörder nicht heute Abend noch gefasst?«

So viel musste ich einräumen. Wir betraten den Schankraum und bestellten Kräuterbitter und Bier. Plötzlich wurde mir bewusst, wie trocken mein Hals im Grunde war.

Erst nach zwei schnellen Runden konnte ich ihn fragen: »Ja, aber warum hat Emil mir nicht gleich alles erzählt?«

»Weil sie ein Fröm'm sind.«

»Ein *Fröm'm*?«

»Das ist jemand, der nicht von Bornholm kommt. So eine Sache, wie Emil sie von seinem Neffen erzählte – so etwas erzählt man nur einem Bornholmer.«

Eine Runde später, kurz bevor wir uns voneinander verabschiedeten – er, um zur Polizeiwache zu fahren, ich, um zu meinen Frauen zurückzukehren – fragte ich: »Aber wie sind Sie denn überhaupt erst darauf gekommen?«

»Das war doch einfach, oder nicht?«, antwortete er. »Ihre Schwester und Dam waren Lehrer an derselben Schule – und selbstverständlich hatte auch Dam das Problem erkannt, er war ja nicht dumm. Also hat er sich mit dem Hausmeister an einem abgeschiedenen Ort verabredet – als solchen kann man Jons Kapelle außerhalb der Touristensaison wohl bezeichnen –, um sich auszusprechen. Er wusste nur nicht, wie verrückt Kofoed eigentlich war. Und als Sie und Ihre Frau kamen, glaubte Kofoed, in der Falle zu stecken – bis er dann entkommen konnte. Er war nicht besonders klug, obwohl er den Wagen immerhin versteckt hatte. Er war übermütig geworden.«

»Übermütig?«

»Ja«, sagte Polizeichef Koch, als er in den Wagen stieg, »übermütig. Er glaubte, dass er mit allem durchkäme. Können Sie sich erinnern, wie ich Ihnen erzählt habe, dass der letzte Mord auf Bornholm vor fünf Jahren passiert ist?«

Ich nickte.

»Wissen Sie«, sagte Koch. »Das war auch er. Es ging auch um ein Mädchen, das ihm einfach nur ein bisschen – Freundlichkeit gezeigt hat, dann aber jemand anderes heiraten wollte. Damals war die Beweislage allerdings sehr viel dürftiger.«

Er ließ den Wagen an, sodass der Motor zitterte, während er sagte: »Es war meine Nichte. Meine Schwester wird sich freuen, wenn sie hört, was heute Abend passiert ist. Gute Heimreise!«

Lone begleitete uns nach Kopenhagen. In Kopenhagen, so sagte sie, wisse man wenigstens, woran man sei.

Ein zerstörter Traum

... Broken Dreams
All those Broken Dreams ...

klang es klagend aus der Musikbox in der kleinen Kneipe, in der mein Freund, Polizeiinspektor Ehlers, und ich Platz genommen hatten, um eine Abschiedsrunde zu trinken.

Wir hatten einen einfachen Herrenabend verbracht. Wir waren im Kino gewesen und hatten uns einen Kriminalfilm angesehen, worüber wir uns ein bisschen amüsierten. Man sollte ja annehmen, dass ein Polizeiinspektor und ein Kriminalreporter sich nicht unbedingt bei einem Kriminalfilm entspannen, aber so hatte es sich nun einmal ergeben, und jetzt spülten wir ihn hinunter. Nicht gerade in einem der feinsten Lokale der Stadt, aber auch nicht in einem der heruntergekommensten. In einer ganz normalen bürgerlichen Kneipe, so wie wir sie beide schätzen.

... Broken Dreams
All those Broken Dreams ...

»Dieses Lied erinnert mich an etwas«, sagte Ehlers. »An das letzte Mal, als ich es gehört habe.«

»War das während eines Falls?«

»Ja«, antwortete Ehlers, »sogar bei einem besonders lehrreichen Fall. Willst du die Geschichte hören?«

»Wenn ich vorher noch etwas bestellen darf ...«

Gesagt, getan, und Ehlers begann mit seiner Erzählung.

»Es ist schon einige Jahre her – lange bevor wir uns kennen gelernt haben. Der Fall hat sich im Umland ereignet – eine ganz banale Sache, so sah es jedenfalls aus. Wir wurden am Abend hinzugezogen, gegen 23.00 Uhr – so um dieselbe Zeit wie jetzt. Ein Mann war nach Hause gekommen und hatte seine Frau tot auf dem Fußboden im Wohnzimmer liegend gefunden, mit der Pistole in der Hand und einem Schuss direkt ins Herz. Alles andere war noch so wie zu der Zeit, als er aus dem Haus gegangen war. So sahen die klaren, kalten Fakten aus, und sie deuteten alle auf einen typischen Selbstmord hin.«

»Der Mann war allein im Kino gewesen«, fuhr Ehlers fort. »Die Frau wollte nicht mitkommen. Sie hatte über starke Schmerzen geklagt und war nicht in der Stimmung, meinte aber, er solle ruhig allein gehen.«

»Seine Aussage wirkte sehr überzeugend, aber ... Du weißt ja, in neun von zehn Fällen, wenn eine verheiratete Frau ermordet wird ...«

»Ist der Ehemann der Mörder«, ergänzte ich. »Das sagst du immer.«

»Und es ist ja auch etwas Wahres daran – solange man sich an das restliche Zehntel erinnert. Tja, in diesem Fall gab es jedenfalls viele zusätzliche Gründe, der Statistik zu vertrauen. Ein Grund lag darin, dass sie zwanzig Jahre älter war als er – sie fünfundfünfzig, er fünfunddreißig. Ein anderer bestand darin, dass sie ein bedeutendes Vermögen von ihrem vorherigen Mann geerbt hatte, einem Rechtsanwalt, der bei einem Verkehrsunfall ums Leben gekommen war – während er überhaupt nicht arbeitete und ein bisschen Taschengeld für Zigaretten von ihr bekam, wie ein Kind, das jeden Freitag ein bisschen Geld für Süßigkeiten bekommt. Das Haus gehörte ihr, und wenn man die ökonomischen Verhältnisse in Betracht zog, konnte man sich gut vorstellen, dass auch er ihr gehörte.

Ich persönlich hatte keinen Zweifel daran, dass hier die Erklärung lag. Ich glaube an die Intuition oder zumindest an die Art von Routine, die sich einstellt, wenn man lange genug in dieser Branche gearbeitet hat, ein Instinkt, der einem zuflüstert, wie es gewesen sein muss – aber was man weiß, ist eine Sache, was man beweisen kann, eine andere, und Gerichte verurteilen ungern ohne Beweise. Und mein verdammter Job besteht darin, sie zu finden. Und ich versuchte es wirklich – es ist, wie gesagt, schon ein paar Jahre her.«

»Du meinst, du bist heute ein bisschen fauler?«

»Werden wir das nicht alle, wenn wir älter werden? Willst du die Geschichte jetzt hören oder nicht?«

»Entschuldige. Schieß los!«

»Ich tat alles, was das Polizeilehrbuch vorschreibt«, fuhr Ehlers fort, während ich mir eine Zigarette anzündete, aus dem Fenster in die dunkle Kopenhagener Nacht schaute und konzentriert zuhörte. »Ich fragte den Mann über das Kino und den Film aus, und die Antworten stimmten – ich hatte den Film zwei Tage vorher im selben Kino zusammen mit meiner Frau gesehen – damals war sie noch nicht meine Frau. Da gab es nichts zu holen. Der Platzanweiser konnte sich nicht an ihn erinnern, aber es ist ein großes Kino – und als ich ihn danach fragte, konnte er sich zwei Tage später ebenso wenig an mich erinnern; das bewies also gar nichts – zumal der Mann nicht im Geringsten aufsehenerregend aussah. Ein Mann von fünfunddreißig Jahren, von mittlerer Größe, mittlerem Gewicht, mit einem kurzen Schnurrbart und neutral gekleidet – ein heller Tweed-Anzug –, fällt nicht weiter auf.«

»Nein«, sagte ich. »Wenn er mitten im Winter in einem orientalischen Umhang mit Turban und Sandalen gekommen wäre …«

»Genau. Tja, wir befragten also die Nachbarn – es war ein hübsches Villenviertel. Es gab niemanden, der besonders viel über das Paar zu erzählen wusste – sie hätten immer sehr zurückgezogen gelebt, besonders seit sie geheiratet hatten. Sie war im Viertel als ›die reiche Witwe‹ bekannt gewesen – aber, wie einer von ihnen sagte: absolut nicht als ›die lustige Witwe‹.

Aber einer von ihnen hatte ihn um etwa 19.30 Uhr aus der Haustür kommen sehen, was gut mit der Anfangszeit des Kinofilms übereinstimmte. Kann ich mir eine von deinen Zigaretten leihen? Ich habe meine Pfeife vergessen.«

»Hier. Behalte sie ruhig!«

»Wir nahmen natürlich auch die Vermögensverhältnisse unter die Lupe. Sie hatte kein Testament geschrieben und hatte keine Kinder, auch nicht mit ihrem ersten Mann – laut Gesetz würde er also alles erben. Und ›alles‹ war gar nicht so wenig: das Haus, ein paar andere Immobilien, eine

Lebensversicherung, einige Aktien und Obligationen – und ein Sparbuch über eine halbe Million. Das war damals noch richtiges Geld!«

»Wie die Alten immer sagen«, brummelte ich.

»Wir fanden sogar heraus«, fuhr Ehlers unbeirrt fort, »dass er eine Geliebte hatte – etwas jünger als er selbst –, die er ein paar Nachmittage in der Woche zu besuchen pflegte.«

»Das ist doch nur gerecht. Seine Frau hält sich einen jungen Liebhaber – der seinerseits Lust auf eine jüngere Geliebte hat. Pflegt man so etwas nicht als *Die menschliche Komödie* zu bezeichnen?«

»Oder Tragödie«, antwortete Ehlers. »Aber wir hatten immer noch keine Beweise für irgendetwas. Was den Revolver betraf, so war er registriert und absolut legal. Ihr erster Mann, der Rechtsanwalt, hatte ihn angeschafft – mit der nachvollziehbaren Begründung, es befänden sich häufiger Geld und Wertsachen im Haus, von ihm selbst und von seinen Klienten.«

»Gab es keine Hausangestellten – wenn sie schon so wohlhabend waren?«

»Jeden zweiten Tag kam eine Putzfrau – entschuldige, so sagt man heute wohl nicht mehr – eine Hygiene-Assistentin und machte sauber. Sie ging immer um 17.00 Uhr nach Hause – nach acht Stunden Arbeit. Und jeden Tag kam eine Köchin; die ging aber wieder nach Hause, sobald das Abendessen serviert war, und das geschah stets um 18.00 Uhr, ausnahmslos, und darauf würde sie schwören, weil sie es selbst so machte und schon jahrelang so gemacht hatte, auch schon unter dem ersten Ehemann.

Diese Köchin war sehr offenherzig. Sie sagte, sie hege keine Zweifel daran, dass der Mann seine Frau nur sehr wenig liebte, das Haus, das Auto und den Wohlstand dafür aber umso anziehender fand. Auf der anderen Seite konnte sie ehrlicherweise nicht behaupten, dass an jenem Abend – dem Todesabend – etwas Besonderes in der Luft gelegen habe. Alles war so gewesen wie immer, und sie hatte noch gehört, wie sie sich über den Kinobesuch unterhalten hatten, den die Frau aufgrund ihrer Schmerzen doch nicht unternehmen wollte.«

»Hat sie viel über ihre Schmerzen gesprochen? Wenn sie erst einmal ein gewisses Alter erreicht haben …«

»Sehr selten. Und sie war noch nie in ihrem Leben beim Arzt gewesen. Sie gehörte zu jenen Menschen, die Krankenhäuser, Ärzte und Zahnärzte verabscheuen – oder vielleicht auch nur Angst vor ihnen haben.

Also rannten wir überall gegen verschlossene Türen. Aber das Haus besaß eine Hintertür, und mich ließ der Gedanke nicht los, dass der Mann einfach nur aus der Vordertür hinausgegangen war, eine kleine Runde durch ein paar Seitenstraßen drehte und anschließend zurückkehrte, als sie allein war – unter dem Vorwand, er habe irgendetwas vergessen, seine Brieftasche beispielsweise –, dann erschießt er sie und übergibt ihr den Revolver galant zur Aufbewahrung.«

»Aber«, wandte ich ein, »wie du selbst schon sagtest: Der Beweis …«

»Der kam – aber er kam auf die seltsamste Weise, und gerade das hat mich viel über die Polizeiarbeit gelehrt. Dr. Bang, unser Polizeiarzt, wie du weißt, ist ein gründlicher Mann. Es bestand kein Zweifel daran, dass sie an dem Schuss gestorben war – wer auch immer ihn abgefeuert haben mochte –, aber er nahm trotzdem, auf eigene Initiative und vielleicht aus Intuition, eine Obduktion vor. Dabei kam heraus, dass sie an einem Gebärmutterkrebs litt, der aufgrund ihrer Phobie gegenüber Ärzten nie behandelt worden war. Sie hätte höchstens noch ein paar Monate gelebt, meinte Bang. Für einen Eingriff sei es bereits zu spät gewesen.

Als ich dies dem Mann erzählte, verlor er vollkommen die Nerven. Er war der reinste Amateur. Wenn er professionell gewesen wäre, hätte er direkt angedeutet, dass sie vielleicht deswegen Selbstmord begangen habe. Aber er wusste, sie selbst konnte es nicht gewusst haben, also platzte er direkt damit heraus und sagte:

›Dann wäre sie also ohnehin gestorben?‹

Also bekamen wir ihn – nach und nach. Er hatte den besagten Film drei Tage vorher zusammen mit seiner Geliebten gesehen, das gab sie schließlich zu, und wir machten ein junges Liebespaar ausfindig, das auf seinem Abendspaziergang gesehen hat, wie er um 20.00 Uhr durch den Hintereingang das Haus betreten hatte. Die Geschworenen hatten keine Zweifel. Er sitzt übrigens immer noch im Gefängnis.«

»Das ist eine sehr gute Geschichte, Ehlers«, sagte ich höflich. »Aber warum erinnert sie dich an das Lied, das wir gehört haben?«

»Weil er so vollkommen am Boden zerstört aussah, als wir ihn verhafteten«, antwortete Ehlers. »Mehr noch als die meisten anderen. Er sah aus wie ein zerstörter Traum.

Er hatte die ganze Zeit sein Radio laufen, und gerade, als wir mit ihm hinausgingen, erklang dieses Lied:

… Broken Dreams
All those Broken Dreams …

säuselte er mit leiser Stimme.«

»Er hatte ja keinen besonders schönen Traum«, sagte ich vorwurfsvoll.

»Wie viele Träume – echte, geheime, menschliche Träume – sind denn wirklich schöne Träume? Was glaubst du?«, fragte Ehlers.

»Ich weiß es nicht«, antwortete ich. »Ich möchte das Thema nur ungern vertiefen. Ich habe nämlich selber welche, und … Willst du noch einen letzten Absacker?«

Das wollte er.

Weiße Weihnacht

I'm dreaming of a White Christmas
Just like the ones I used to know …

brüllte eine zuckersüße, honiggeölte, sirupinfizierte Stimme durch die Fußgängerzone. Die Stimme bekam Unterstützung von einer größeren Lautsprecheranlage, die man auch zu einem besseren Zweck hätte verwenden können.

Ich seufzte innerlich und unhörbar, um meine so genannten Mitmenschen nicht zu brüskieren.

Es war Weihnachten.

Wieder.

Es gab keinen Grund, warum mich diese einleuchtende Tatsache überraschen sollte. Solange ich lebe – das heißt, lange genug, um kein junger Mann mehr zu sein, aber auf der anderen Seite noch nicht so richtig reif für die Rente –, ist Weihnachten im Durchschnitt so cirka einmal pro Jahr aufgetreten. Und nicht nur das, in jedem Jahr geschah das im Großen und Ganzen zu immer demselben Zeitpunkt, gegen Ende Dezember – eine bewundernswerte Genauigkeit, die tatsächlich nur ein Kalender zu leisten vermag.

Ich hätte es wissen sollen. Wenn ich dasselbe Menschenmodell wie meine Eltern gewesen wäre, wie meine

Onkel und Tanten und zahlreichen anderen Verwandten, hätte ich mich spätestens ab Ende Oktober gewissenhaft darauf vorbereitet. Ich wäre von Geschäft zu Geschäft gegangen, um kleine, erlesene Gaben für jedes einzelne Mitglied der Familie zu suchen. Ich hätte mich daran beteiligt, einen halben finnischen Wald zu roden, um in den Besitz von »Geschenkpapier« zu gelangen, und ich hätte energisch in Zellophan und rote Bänder investiert und in kleine Kärtchen mit dem Aufdruck »Für ...« und »Von ...« und Postkarten, auf denen der Schnee leise auf die Tannen rieselte, aufgenommen irgendwo in der Provinz, wo der Schnee gewohnheitsmäßig diese Aufgabe übernahm – höchstwahrscheinlich, weil er keine Ahnung hatte, was er sonst mit sich und der Welt anfangen sollte.

Was ihn trotz allem ein bisschen menschlich erscheinen ließ.

Und obwohl ich es hätte wissen müssen, hatte ich es vergessen. Oder weggeschoben – bis auf Weiteres, wie den Überziehungskredit auf meinem Konto. Das ist es wohl, was die Psychiater als »Verdrängung« bezeichnen.

Mittlerweile hatten wir den 22., und es gab keine Chance mehr, es noch viel weiter wegzuschieben.

Nicht dass es so besonders schlimm wäre: Ich habe zugegebenermaßen mehr Glück als die meisten. Meine beiden Eltern (es gehören immer zwei dazu) hatten liebenswürdigerweise Nachsicht gezeigt und waren nach halbwegs angemessener Zeit gestorben, und meine einzige Schwester war zu vernünftig, um aus Anlass einer 1988 Jahre zurückliegenden Geburt eine kleine Aufmerksamkeit von ihrem Bruder zu erwarten. Viele sind natürlich schlechter dran.

Mir blieb nur ein Problem: meine Freundin Gitte. Freundinnen habe diese Eigenheit, dass sie zu Weihnachten Geschenke erwarten, das ist fast ein eingebauter Reflex. Wenn sie zu diesem Anlass keine Geschenke bekommen, denken sie darüber nach, ob man überhaupt noch ein Paar ist, und dieser Gedankengang kann schnell in unerwünschten negativen Schlussfolgerungen enden.

So stand ich also auf der Strøget vor dem Eingang zum *Magasin*, der besten Adresse der Stadt für im Grunde genommen alles, was man mit einer EC-Karte bezahlen konnte, und betrachtete das Schaufenster.

Dort stand eine Krippe, eine süße, süße Krippe mit irgendeinem sabbernden Balg darin. Um die Krippe herum hatte sich eine Anzahl Geißen und Lämmer in lockerer Formation gruppiert, während ein Hirte sich seinen verdienten Nachmittagsschlaf zu genehmigen schien. Oben blinkte ein Stern – Thomas Edison hat Einiges auf dem Kerbholz –, und *White Christmas* lief anscheinend auf einer Endlosschleife. Die wundersame Macht der Technik.

Ich riss mich zusammen und trat ein.

Seinerzeit verwendete man in der Bibel eine Menge Platz auf die Darstellung, wie ein gewisser Daniel sich fühlte, als er unbequemerweise in einer Löwengrube untergebracht war.

Meiner Meinung nach waren Daniels Erlebnisse der reinste Spaziergang verglichen mit den Strapazen, denen man sich aussetzt, wenn man kurz vor Weihnachten in ein

Kaufhaus geht. Überall drängten sich Damen unterschiedlicher Körpergrößen und Jahrgänge und rammten ihre Regenschirmspitzen in diverse sich darbietende Rücken und Nacken. Mächtig gestresste Verkäuferinnen versuchten – sicherlich so gut sie konnten, und wahrscheinlich für einen lächerlichen Stundenlohn – ihre Wünsche zu erfüllen und ihr Gekeife mit einem echten dänischen Lächeln zu quittieren. Die Luft war überhitzt und stickig vor Parfüm und fehlender Ventilation.

Mitten im *Magasin* saß der Weihnachtsmann, ein großer, dicker, rotgekleideter Herr mit weißem Bart. Er verteilte Schnee.

Es war der Renner des Jahres im *Magasin.* Der liebe Gott war bisher unverständlich geizig mit der jahreszeitlichen Schneeration gewesen – nicht ein einziges Schneeflöckchen war geschneit gekommen. Also verschenkte das *Magasin* Schnee – in kleinen Tütchen. Richtig echten, modernen, synthetischen Schnee als Geschenk an alle Kunden, verpackt in nette Plastiktüten. »*Magasin* – der schneesichere Ort!«, wie es in der Annonce hieß.

Ganz unten stand in kleinen Lettern gedruckt: »Nur eine Tüte pro Kunde.«

Der Weihnachtsmann lächelte mir zu. Ich knirschte mit den Zähnen und entfernte mich von ihm, bis ich in die hinterste Ecke des Ladens kam, während ich immer noch darüber nachdachte, was ich wohl kaufen könnte, um Gitte damit eine »Freude« zu machen – und irgendwo, ganz tief im Unterbewusstsein, auch darüber, warum es eigentlich notwendig sein sollte, etwas zu »kaufen«, um jemandem eine »Freude« machen zu können.

Eine Uhr vielleicht?

Sie hatte bereits eine, ich hatte sie schon oft gesehen. Wie viele Uhren braucht ein Mensch?

Je nach Temperament: entweder eine – oder keine.

Da gab es nichts zu holen.

Vielleicht eine neue Jacke? Vielleicht einen Bademantel?

Aber das hatte sie ja auch schon. Gitte hatte im Grunde genommen schon alles – mich inklusive.

Nicht dass Letzteres von besonderer Wichtigkeit wäre, aber wenn man schon einmal alles mit einbezieht …

Ein Mann trat mir auf die Füße. Ich wollte ihm gegenüber gerade – natürlich auf zivilisierte, kultivierte und diplomatische Weise – meine Meinung zum Ausdruck bringen, was ich von solch rücksichtslosem Umgang mit den uns anvertrauten menschlichen Gliedmaßen hielte, als ich sah, um wen es sich handelte:

Polizeiinspektor Ehlers von der Wache am Halmtorvet.

»Bist du auch auf der Suche nach Weihnachtsgeschenken?«, fragte ich.

»Nein«, antwortete er. »Das habe ich schon im Oktober erledigt – dann sind sie billiger. Ich bin auf der Suche nach einem Hai.«

»Warum nicht nach Räucherlachs?«

»Ein Drogenhai, du Hornochse. Wir wissen, dass er hier im Kaufhaus dealt. Wir wissen allerdings nicht, wie – oder wer er ist. Aber wir haben genug Hinweise bekommen, dass die meisten der Drogensüchtigen, die wir vom Halmtorvet kennen – und auch aus dem Rest des Viertels –, jeden Nachmittag hierherkommen und sich irgendeine lächerliche Kleinigkeit kaufen – eine Dose Schuhcreme, eine Flasche Weintraubenkernöl, eine Illustrierte – und mit einem breiten, glücklichen Lächeln im Gesicht wieder auf die Strøget hinaustreten. Zwei plus zwei sind vier, und ...«

»Und mit Zins und Zinseszins sind es fünf. Zu meiner Zeit hat man Drogen immer auf den Herrentoiletten der Kaufhäuser gehandelt. Ich kann mich erinnern ...«

»Deine Zeit ist lange vorbei – so lange, dass es alle wissen und dieser Trick wieder in der Mottenkiste verschwunden ist. *Old Hat* – wie sie es in deiner Lieblingssprache nennen. Jetzt gibt es neue und bessere Tricks, mein Junge. Alles entwickelt sich weiter – auch wenn du es vielleicht nicht tust ...«

I'm dreaming of a White Christmas
Just like the ones I used to know ...

fing die Stimme wieder von vorne an – jetzt über die internen Lautsprecher.

»Nein, das Weihnachtsfest macht noch keine Anstalten, so weiß zu werden, wie wir es alle erhofft haben«, sagte eine Frauenstimme – die einer bekannten Schauspielerin gehörte – in das Lied hinein. »Aber das *Magasin* will seinen Beitrag zu einer weißen Weihnacht leisten. Bei unserem Weihnachtsmann darf sich jeder Kunde eine Tüte Schnee abholen, mit dem er seinen Weihnachtsbaum beschneien kann – gratis und als Beitrag zur gemeinsamen Weihnachtsfreude! Der Weihnachtsmann bringt uns den Schnee!«

Ich schaute unwillkürlich – ganz automatisch, wie alle

anderen, die denselben Bescheid erhalten hatten – zum Weihnachtsmann hinüber. Er saß so friedlich auf seinem großen, breiten Stuhl und ließ seinen weißen Wattebart über einen Bauch hinunterwallen, der mit zwei Sofakissen ausgestopft, aber auch – wenn man die Ernährungsgewohnheiten des Durchschnittsdänen in Betracht zog – echt und selbst angefuttert sein konnte, mühsam erarbeitet durch zahllose Rippensteaks mit gelben Erbsen. Dergleichen war schwer zu entscheiden.

Rechts von ihm stand ein Sack, aus dem er die Plastiktüten mit Schnee zog. Sie verschwanden mit atemberaubender Geschwindigkeit, und ein neuer Sack wurde von ein paar tüchtigen Jungs aus dem Lager herangeschleppt.

Der Weihnachtsmann lächelte ununterbrochen – ein harter Job. Er lachte sogar. »Ho-ho-ho.« Er kannte seine Disney-Filme.

»Nein«, seufzte Ehlers. »Wenn es doch bloß nur um Weihnachtsgeschenke ginge! Aber wenn wir diesen Dealer erwischen könnten, der hier sein Unwesen treibt – das wäre das Weihnachtsgeschenk des Jahres für mich, für die Polizeiwache, für das Justizministerium – ja, für alle.«

Ich beobachtete immer noch den Weihnachtsmann. Und ich beobachtete etwas höchst Interessantes.

Der Weihnachtsmann benutzte eine ungewöhnliche Methode, um seine Tüten zu verteilen. Fast alle bekamen die aus dem Sack, aber einige besonders Auserwählte schienen ihre entsprechenden Tüten aus den Taschen seines roten Weihnachtsmannmantels zu erhalten. Man konnte keinen Unterschied zwischen den Tüten erkennen.

»O. k.«, sagte ich zu Ehlers. »Ich hasse Weihnachten und

alles, was damit zusammenhängt. Aber dieses Jahr wirst du dein Geschenk bekommen. Es ist der Weihnachtsmann dahinten. Versuch einfach herauszufinden, was er in seinen Taschen hat. Du weißt sicher, dass ›Schnee‹ zweierlei bedeuten kann, nicht wahr?«

Ehlers schritt sofort zur Tat.

Ein paar Kunden waren leicht erschrocken, als plötzlich der Weihnachtsmann verhaftet wurde. Eine gewisse Zeitung – putzigerweise meine eigene, das *Bladet* – bekam eine verdammt gute Exklusivstory.

Und ein neuer Weihnachtsmann wurde spornstreichs von einer Künstleragentur angefordert.

»Vielen Dank«, sagte Ehlers anschließend, als die Verhaftung durchgeführt, das Kokain beschlagnahmt und der »Weihnachtsmann« zur sicheren Verwahrung in die Justizvollzugsanstalt West gebracht worden war. »Eigentlich hättest du dir selbst ein Geschenk verdient.«

»Tja«, antwortete ich. »Wenn ich es mir aussuchen könnte, hätte ich am liebsten etwas von dem Kokain, das er noch bei sich hatte. Ich mag den Stoff.«

»Meinst du das ernst?«

»Ja, ich bin auf den Geschmack gekommen, als ich damals in Nordafrika wohnte. Es ist besser – und anregender – als gewöhnlicher Schnee.«

»Ja, aber – warum hast du ihn dann auffliegen lassen?«

»Ich hasse Weihnachten«, antwortete ich. »Ich hasse es abgrundtief. Warum, zum Teufel, hätte ich mir die Chance entgehen lassen sollen, dem Weihnachtsmann persönlich eins auszuwischen?«

Das war ja alles schön und gut, und so gesehen eine

Feder, die ich mir an den Hut stecken konnte – aber ich hatte immer noch kein Geschenk für Gitte.

Und jetzt hatte ich nur noch einen Tag.

Und draußen auf dem Bürgersteig der Strøget fing die ganze Show wieder von vorne an:

I'm dreaming of a White Christmas
Just like the ones I used to know …

Eine Fliege in der Suppe

1

Es war ein kalter Tag, ein biestiger, beißender, bitterkalter Tag. Der Winter hatte in der Stadt Einzug gehalten, auf die unverblümt sadistische Art und Weise, der er gelegentlich den Vorzug gibt – ganz plötzlich, ohne Vorwarnung, wie ein Pistolenschuss, der plötzlich direkt neben einem abgefeuert wird. Eis lag in der Luft, und ein scharfer, durchdringender Wind sorgte sorgfältig dafür, dass niemand umhinkam, ihn zur Genüge zu spüren.

Kaum jemand schien großen Wert auf seine Anwesenheit zu legen an diesem geschäftigen Nachmittag, als all die kleinen menschlichen Roboter wie auf Kommando und in Trance ihre jeweiligen Arbeitsplätze verließen und sich ihren Weg zu den Autos, Bussen oder Zügen bahnten, die sie planmäßig nach Hause zu ihren Familien, Fernsehern und warmen Mahlzeiten bringen sollten. Die Leute schauderten, schlangen ihre Arme um sich oder marschierten energisch vornübergebeugt gegen den Wind an, als ob sie Gnade von ihm erflehen wollten. Hin und wieder, wenn man an ihnen vorüberging, hörte man verbissen gemurmelte Flüche – von »Scheißwetter!« hier bis zu einem giftigen, wortlosen Blaffen dort.

Die (jedenfalls in Kopenhagen) berühmte gute Kopenhagener Laune schien Lichtjahre entfernt.

So ist es immer am ersten Wintertag.

Nicht einmal ich selbst, das gebe ich gern zu, wäre eine nennenswerte Zierde für das Titelblatt einer Touristenbroschüre gewesen. Selbst wenn ich am Morgen mit Optimismus in den Tag gestartet wäre – eine recht unwahrscheinliche Möglichkeit, weil es mir bis heute noch nie gelungen war, einen Tag auf diese Weise zu beginnen, höchstens, ihn so zu beenden –, hätte er sich an den nachmittäglichen gleichgültigen, zeitraubenden Reibereien beim *Bladet* abgenutzt. Chefredakteur Otzen hatte – und er war nur einer von vielen – eine sich mit rasender Geschwindigkeit entwickelnde Grippe, was ihn nur noch reizbarer machte als normal, was – wenn man von Otzen spricht, und das tun seine Mitarbeiter nur allzu gern – schon einiges zu besagen hat.

Ich betrachtete die Leute, während sich die Menschenmasse synchron die Vesterbrogade hinaufarbeitete, und dachte, dass die meisten so aussahen, als hätten sie einen ganz ähnlichen Tag hinter sich. Einige sahen sogar aus, als hätten sie nur solche Tage gehabt – seit sie sich erinnern können.

Dieser Anblick von Menschen in der Rushhour hat mich schon immer melancholisch gestimmt. Er löst ein ums andere Mal denselben deprimierenden Gedankengang aus, das anscheinend lebenslange Staunen darüber, wie wir uns überhaupt überwinden können. Wir haben bloß ein Leben – zumindest ich glaube nicht an mehrere Wiederholungen –, und im Großen und Ganzen verbringen wir es damit zu arbeiten und uns kaputtzuschuften für etwas, das uns in neun von zehn Fällen – optimistisch geschätzt – vollkommen gleichgültig ist und nicht selten direkt zuwider.

Und das Ergebnis? Ein paar Maschinen laufen – für »die Gesellschaft«. Und für uns selbst?

Man muss sich doch nur umsehen. Es ist nicht gerade die zügellose, ungehemmte karnevalistische Lebensfreude, die einem an einem Winternachmittag aus den Gesichtern in der Vesterbrogade entgegenleuchtet.

Ich setzte mich mutig und zielbewusst von dieser Parade der Hoffnungslosigkeit ab und betrat furchtlos die nächstgelegene Bar. Lebensfreude per Flasche ist besser als gar keine Lebensfreude.

Und Whisky wärmt. Jedenfalls ein bisschen.

Aber in diesem Fall nicht genug. Der Tag saß mir immer noch in den Knochen. Die Gliedmaßen fühlten sich gummiartig an. Vielleicht brütete auch ich eine richtig voll ausgewachsene dänische Grippe aus. Warum sollte der liebe Gott seine schützende Hand ausgerechnet über mich halten? Das hatte er vorher auch noch nie getan.

Wahrscheinlich würde er jetzt behaupten, er habe auch noch nie einen Grund dafür gehabt. Wenn er meint.

Auf dem Tresen lag eine Zeitung – von der Konkurrenz. Aus lauter Langeweile blätterte ich darin herum, und meine Augen fielen auf die gastronomische Kolumne der Woche, worin der ununterbrochen schmatzende Mitarbeiter des *Dagbladet* sich ein weiteres Mal auf Kosten der Leser durch ein opulentes Mahl schlabberte.

»In dieser kalten Zeit, in der wir uns fröstelnd durch den Tag kämpfen und immer ein bisschen erkältet sind – was gibt es da Besseres als einen Topf kräftiger, würziger, dampfend heißer dänischer Ochsenschwanzsuppe? Darin stecken Nährstoffe, Energie und Vitamine – genau das, was wir in dieser Zeit brauchen. Ein guter Topf Ochsenschwanzsuppe ...«

Ich hörte auf zu lesen. Plötzlich glaubte ich, mitten in dieser Bar einen solchen Topf zu riechen. Erkältung, na klar. Wenn der Whisky schon anfängt, nach Suppe zu duften ...

Aber die Idee klang trotzdem nicht vollkommen verrückt, und ich beschloss ihr nachzugehen.

Meine Mutter hätte sich gefreut, wenn sie es gewusst hätte – aber es war zu spät, sie darüber ins Bild zu setzen.

2

Ich trampelte durch die schmalen Seitenstraßen der Istedgade und studierte unterwegs jede Speisekarte, die an der Straße ausgehängt war.

Es waren nicht wenige. Das Viertel um die Istedgade herum entwickelt sich zu einer Art Soho – mit chinesischen, japanischen, indischen, indonesischen, ägyptischen, marokkanischen und türkischen Restaurants. Hin und wieder – wenn man Glück hat – kann man sogar etwas so Exotisches finden wie ein dänisches Speisehaus.

Und das gelang mir. Ein kleines unansehnliches und bescheidenes Etablissement, das ein bisschen an eine kleine altmodische Jugendherbergsküche in der Provinz erinnerte. Es gab Holztische und Holzstühle aus einem längst geschlossenen Vortragssaal, und auf den Tischen lagen Papierdecken. Es war absolut nichts getan worden, die ganze Angelegenheit zu verschönern, eine »intime Stimmung zu schaffen« oder das Lokal zu etwas Besonderem zu machen. Die Wände waren nackt, und der Tabakqualm von mindestens zwanzig Jahren hing unter der Decke wie ein gelblicher Belag, der sorgfältig die Farbschicht versiegelte und letztendlich wahrscheinlich sogar dafür sorgte, dass das Haus nicht auseinanderfiel.

Am anderen Ende des Lokals befand sich ein Tresen. Dahinter stand ein großer, breitschultriger Mann in einer schmutzigen grauen Schürze. Ansonsten war das Etablissement menschenleer.

Aber draußen auf der Karte stand Ochsenschwanzsuppe; also ging ich zu ihm hinüber und bestellte eine solche mitsamt einem Pils.

Er nickte wortlos und ging in die Küche.

Ich setzte mich an einen der am wenigsten einsturzgefährdeten Tische und sah aus dem Fenster – die einzige Sportart, in der ich mich jemals durch besondere Leistungen hervorgetan habe.

Die Suppe kam nach fünf Minuten. Ich bin mir nicht sicher, ob das gastronomische Genie des *Dagbladet* sie vollauf befriedigend gefunden und ihr großzügig eine mehrstellige Anzahl Kochmützen zugeteilt hätte, aber sie war immerhin warm. Jedenfalls brachten meine jahrelang gequälten Eingeweide aus ihrem bescheidenen Repertoire ein billigendes Knurren hervor.

Während ich mich aktiv mit dem Löffel betätigte, klingelte ein Telefon hinten beim Tresen.

Der Mann nahm den Hörer ab. Er brummelte hin und

wieder, was zu beweisen schien, dass er eine Stimme besaß, auch wenn er sie nicht unnötig mit einem »Guten Tag« oder »Vielen Dank« oder »Gern!« oder ähnlichen Überflüssigkeiten abnutzte.

Meine Theorie wurde bestätigt, als er tatsächlich etwas von sich gab. Er sagte: »Nein. Heute nicht.«

Anscheinend wurde ihm widersprochen, denn einen Augenblick später hob er die Stimme und sagte: »Nein. Keine Ochsenschwanzsuppe. Tomatensuppe, wenn du möchtest.«

Dann legte er den Hörer auf.

Als ich bezahlte, sagte ich beiläufig: »Na, da habe ich wohl den letzten Teller bekommen, was?«

Er nickte, während er mir herausgab.

Als er sich über die Registrierkasse beugte, sah ich hinter seinem Rücken einen ganzen Karton ungeöffneter Dosen – mit Ochsenschwanzsuppe.

Draußen schaute ich noch einmal auf die Speisekarte und bemerkte erst jetzt, dass sich das Lokal *Benny's Café* nannte. Die Speisekarte sah aus, als hinge sie seit dem letzten Weltkrieg dort, sie war genauso speckig wie die Zimmerdecke.

Von Tomatensuppe stand dort nichts, aber was soll's – Suppe ist Suppe.

3

»Na«, sagte Polizeiinspektor Ehlers, als wir eine halbe Stunde später über unseren Feierabenddrinks im Stjernecafé saßen, was wir uns zur Gewohnheit gemacht hatten, sooft es eben ging – was im Durchschnitt höchstens zwei Mal in der Woche war. »Na, ich habe heute einen Vortrag in der Polizeischule gehalten und den jungen Polizisten erzählt, was ich ihnen immer erzähle: dass die Bagatellen einen Fall erhellen. Jeder kann eine Leiche entdecken, die in einem Rinnstein herumliegt, wo sie nichts zu suchen hat und außerdem ein Verkehrshindernis ist – aber was einen guten Bullen, einen echten Bullen ausmacht, ist der Blick für die kleinen seltsamen Dinge, über die man alltäglich stolpert. Das ist ein Blick, den man erst nach und nach bekommt. Jedes Mal, wenn einem etwas scheinbar Unerklärliches – oder einfach nur Unlogisches – auffällt, muss irgendetwas dahinterstecken. Das ist selbstverständlich nicht immer so, da habe ich natürlich übertrieben – aber auffällig oft trifft es doch zu.«

»Tja«, antwortete ich. »Oder wie mein Chefredakteur zu sagen pflegt: Eine Story gibt es überall. Aber damit ist ja noch nicht gesagt, dass es immer eine gute Story ist.«

»Wir sind jedenfalls nicht hinter guten Storys her«, sagte Ehlers. »Eher hinter dem Gegenteil. Wir arbeiten schließlich nicht für die Weihnachtsbeilagen!«

»Nein, sondern für deren Leser«, antwortete ich. »Aber wo du schon von lächerlichen Kleinigkeiten angefangen hast … Ich hatte gerade so ein Erlebnis auf dem Weg hierher. Nur eine putzige Anekdote. Wenn du vielleicht etwas damit anfangen kannst …«

»Erzähl, erzähl. Ich habe den ganzen Tag schon geredet.«

»Es ist nur eine Bagatelle, aber …«

Ich erzählte ihm meine Suppengeschichte. Seltsamerweise sah er höchst konzentriert aus, während er zuhörte.

»Wie, sagtest du, hieß die Kaschemme?«, fragte er, als die einfache Erzählung überstanden war.

»Benny's Café«, wiederholte ich. »In der Eskilsgade.«

Ehlers stand auf.

»Warte hier eine halbe Stunde auf mich«, sagte er, während er sein Glas austrank. »Dann bekommst du, darauf möchte ich wetten, was dein Chef eine gute Story nennen würde – und ich einen weiteren Beweis für meine Behauptung. Bis dann – auf Wiedersehen!«

Dann rauschte er zur Tür hinaus.

»Was zum Teufel ist denn hier passiert?«, fragte mein Freund, der Barkeeper Bob, als er routinemäßig vorbeikam, um die leeren Gläser abzuräumen.

»Ich weiß es nicht«, gestand ich. »Wir hatten uns gerade über Suppe unterhalten, und dann lief er plötzlich los. Bestimmt eine fixe Idee.«

»Lieber fixe Ideen als gar keine«, beendete Bob das Thema lakonisch. »Und du darfst die Suppe jetzt allein auslöffeln? Wollen wir eine Runde Bluff spielen?«

»O.k., du bist der Herausforderer. Du fängst an.«

»Vier Sechser.«

Die Würfel klapperten. Das Ritual hatte begonnen.

4

Eine Dreiviertelstunde später hatte ich zweimal gegen Bob verloren, mich allerdings dadurch schadlos gehalten, dass ich dreimal gegen einen anderen Stammgast gewann, nachdem Bob dringend »servieren« musste – wie er es mit dem letzten Rest einer guter Erziehung nach wie vor bewusst zu nennen pflegte, mitten in der Istedgade.

Als der andere Gast nach dem dritten Spiel keine Lust mehr hatte, sondern nach jemandem zu suchen begann, an dem er seinen Verlust wettmachen konnte, setzte ich mich wieder an meinen Tisch.

Fünf Minuten später kam Ehlers. Er rieb sich mit einem zufriedenen Lächeln die Hände und bestellte Whisky.

»Und?«, sagte ich.

»Das größte Haschischlager, das ich seit langem gesehen habe«, sagte Ehlers grinsend. »Ich hatte Benny – er heißt übrigens John, der vorherige Besitzer hieß Benny – schon immer im Verdacht, nicht nur mit einem Finger, sondern mit beiden Händen im Haschischhandel mitzumischen. Aber erst du hast dafür gesorgt, dass alle Puzzleteile zusammenpassen.«

»Wie?«

»Mit der Suppe, Mensch! Was hab ich dir gesagt? Warum sollte der Wirt eines schäbigen kleinen Wirtshauses behaupten, keinen Teller Ochsenschwanzsuppe servieren zu können, wenn er dafür bloß einen Dosenöffner benutzen und den Inhalt der Dose in einen Topf schütten muss – es sei denn, er wäre hoffnungslos senil? Als du mir davon erzählt hast, konnte ich es genau vor mir sehen: Es war ein Kode, ein ganz einfacher Kode. Er hatte dort schlicht und einfach seine Zentrale, angenehm getarnt als – nicht allzu überlaufenes – Restaurant. Die Dealer riefen an und fragten nach, was er hatte, bevor sie ihre Bestellungen aufnahmen. ›Ochsenschwanzsuppe‹ war vermutlich Schwarzer Nepalese. ›Tomatensuppe‹ folglich Roter Libanese.«

»Und ›Gemüsesuppe‹ vielleicht Grüner Marokkaner?«

»Höchstwahrscheinlich, aber er hatte keine Lust, sich näher darüber auszulassen. Er klappte zu wie eine Auster, aber er hat keine Chance. Wir haben zwanzig Kilo Roten Libanesen in einem Kellerraum unter der Küche gefunden, versteckt zwischen leeren Flaschen und alten Pappkartons. Er hat selbstverständlich so getan, als hätte er keine Ahnung davon gehabt, aber er ist früher schon einmal einschlägig verurteilt worden – bevor er dieses Drecksloch übernahm –, also …«

»Das ist ja ein Ding!«

»Da kannst du mal sehen!«, fuhr Ehlers fort und erhob sein Glas. »Ich habe also recht mit dem, was ich den jungen Bullen immer sage: Man muss die Augen offen halten für die seltsamen Kleinigkeiten, die alltäglich um einen herum geschehen. Es freut mich, dass sogar Journalisten dazu in der Lage sind – hin und wieder jedenfalls. Diese Runde geht auf mich. Prost, alter Junge – auf eine glückliche Zukunft!«

»Danke«, antwortete ich wohlerzogen.

Wir genehmigten uns noch einen, bevor ich nach Hause zu Gitte ging. Ihr sei eine gute Idee gekommen, sagte sie. Es sei so eisig kalt, dass sie einen ordentlichen Topf dampfend heißer Ochsenschwanzsuppe gekocht habe – so etwas könnten wir jetzt gebrauchen.

Auch sie hatte das *Dagbladet* gelesen.

Die Macht der Presse ist erstaunlich.

Einen Monat später hieß *Benny's Café Shawarmir Shazam.* Die Gastronomieexperten lobten seine einfache ethnische Küche, die auf exzellenten exotischen Zutaten basierte.

Mord und Manie

1

»Na ja«, sagte Ehlers. »Bei Mord ist es fast immer dieselbe Geschichte. Wenn man so an die Fälle zurückdenkt, die man im Laufe der Zeit bearbeitet hat, muss man zugeben, dass sie einander ähneln, die meisten jedenfalls. Es gibt nun einmal nur zwei Gründe, warum die Leute morden, und die beiden Gründe sind …«

»… Sex oder Schotter«, antwortete ich mit schlafwandlerischer Sicherheit wie der allzeit verlässliche Lieblingsschüler des Oberlehrers. »Oder vulgärer ausgedrückt: Muschi oder Mäuse. Du hast es schon so oft gesagt.«

»Ja«, gab er zu. »Ja, das habe ich wohl. Ich habe es schon so viele Male in meinen Vorträgen in der Polizeischule wiederholt, dass ich langsam zu einer Art Automat werde. Aber deswegen ist es nicht weniger richtig.«

»Ich glaube dir ja«, sagte ich und winkte der Bedienung.

Wie schon so oft zuvor saßen wir zusammen, jeder nach seinem Feierabend und jeder mit seinem Drink, und luden die Gedanken und Ideen des Tages – soweit es welche gab – auf den jeweils anderen ab, bevor wir zu unseren jeweiligen – und hochheiligen – Gemahlinnen zurückkehrten.

Das Wort »Feierabend« will allerdings mit einem gewissen Vorbehalt verstanden sein. Wie so viele andere Worte auch kann es verschiedene Dinge bedeuten, je nach dem, wer es benutzt.

Als Polizeiinspektor auf der Wache am Halmtorvet in Vesterbro zu arbeiten – wie Ehlers – oder als Journalist mit dem Schwerpunkt auf Kriminalberichterstattung bei Dänemarks merkwürdigerweise nach wie vor größter Tageszeitung, dem *Bladet* – wie ich –, kann von Außenstehenden, das heißt im Großen und Ganzen, vom Rest der Bevölkerung, als zwei völlig verschiedene Jobs verstanden werden, aber eine Sache ist ihnen jedenfalls gemeinsam: »Feierabend« ist ein relativer Begriff. Den gibt es immer nur bis auf Weiteres.

Falls plötzlich in einer der Seitenstraßen, in die wir aus dem Fenster des Stjernecafés sehen konnten, etwas passieren sollte – ob Gewalt, Drama oder Verbrechen –, dann könnte Ehlers sein warmes Abendessen stehen lassen – und ich im Übrigen auch meines.

So war es einfach. So war es schon immer gewesen, und mit der Zeit hatten wir uns beide – jeder auf seine Weise – daran gewöhnt.

Vielleicht hatten wir inzwischen, auf irgendeine abartige Weise, sogar Gefallen daran gefunden. Die Leute sind nun einmal – wie meine selige Mutter oft mit einer Miene unendlicher Weisheit zu bemerken beliebte – verschieden.

Einige wissen die Sicherheit zu schätzen, dass sie um Punkt neun Uhr an ihrem Tisch, Schalter oder Fließband sitzen müssen, oder wo zum Teufel sie auch immer arbeiten mögen. Dass sie genau um 12.30 Uhr zu Mittag essen können, um 13.15 Uhr fertig gekaut und gepinkelt haben müssen und genau um 17.00 Uhr Hut und Mantel nehmen dürfen. Andere, wie Ehlers und ich, haben sich an einen anderen Arbeitsrhythmus gewöhnt – drei Tage hintereinander tut sich nicht das Geringste, und danach kommen drei Tage ununterbrochener Arbeit ohne Essen und Schlaf und derartige kleinbürgerliche Annehmlichkeiten.

Die Menschen machen immer viel aus ihrer Arbeit, aber hin und wieder habe ich mir überlegt, ob die Arbeit nicht auch genauso viel aus ihren Menschen macht, weil sie – weil wir – fast unweigerlich genau wie die Arbeit werden, von ihr geformt werden, mit ihr zusammenfallen. Der Schlachter bleibt ein Schlachter, wenn er den Laden abschließt und nach Hause geht, und der Barbier bleibt Barbier.

»Und dennoch …«, setzte Ehlers die Unterhaltung nach einer kleinen Denkpause fort. »Es gibt vielleicht noch eine weitere Möglichkeit – oder eine Unterrubrik, wie es in deiner Sprache heißen würde. Im Augenblick arbeiten wir an einem Fall, wo ich nicht …«

Er wurde von Bob, dem Barkeeper, unterbrochen, der an unseren Tisch kam, Ehlers einen auffordernden Blick zuwarf und auf das Telefon deutete.

Bob war froh über Ehlers' gelegentliche Besuche. Bullen im Stjernecafé waren – außerhalb der Arbeitszeit – seltene, aber beruhigende Gäste.

Der Polizeiinspektor erhob sich mit einem Seufzen.

Er seufzte noch tiefer – ungefähr so tief, dass man gewisse Gegenden im Stillen Ozean zu Vergleichszwecken heranziehen könnte –, als er zurückkehrte.

»Schon wieder!«, sagte er. »Ich muss in einer halben Stunde dort sein. Soll sie doch der Teufel holen! Wir haben heute Abend Gäste eingeladen.«

»Deine Frau ist das doch gewohnt.«

»Auch nur bis zu einem gewissen Grad.«

»Was ist es denn diesmal?«

Meine journalistischen Instinkte – oder zumindest die traurigen, verschrumpelten Reste derselben – regten sich. Eine Story ist eine Story, wie es in der Redaktion so klug und scharfsinnig heißt. Und für uns, die dort arbeiten, ist eine Story auch ein – nicht selten außerordentlich dringend benötigter – Scheck.

»Es ist der Löwenbrau-Fall«, antwortete Ehlers. »Hast du ihn nicht verfolgt?«

»Doch, flüchtig – ich hatte ausnahmsweise ein paar Tage Urlaub. Es geht doch um diesen alten Bücherhai, oder nicht?«

»Wenn du ihn so nennen willst – ich würde Bücherwurm sagen. Er selbst nannte sich ›Sammler‹. Er verkaufte nicht besonders gern.«

Er skizzierte kurz den Fall, und mit der Zeit fielen mir immer mehr Details ein. Die Details, die ich beim Überfliegen der Zeitungen mitbekommen hatte, während Gitte und ich vor dem Kamin in unserem gemieteten Sommerhaus an der Westküste gesessen hatten, auf Holzscheite und Wellen starrten und ansonsten anderes und noch Besseres zu tun hatten.

Löwenbrau war ein altes Original, der am Maria Kirkeplads gewohnt hatte, dem Lieblingsaufenthalt der Säufer und Junkies, direkt gegenüber dem Ort, wo wir jetzt saßen. Löwenbrau war einer der so genannten »Typen« in unserem Kiez. Er war ein kleiner alleinstehender, magerer alter Mann, der jeden Morgen und jeden Abend mit der Genauigkeit eines Taschenrechners einen Spaziergang die

Straße hinunter unternahm und für eine Person einkaufte, stets in denselben schmierigen schwarzen Mantel gehüllt. Er sah aus wie ein Rentner, mit dem es bergab gegangen war – bei dem das Geld vorn und hinten nicht reichte, außer für die grundlegendsten Bedürfnisse.

Aber das war er nicht, und man wusste es.

Es gab nicht viele Millionäre in Vesterbro – Millionäre zeigten allgemein eine ausgeprägte Tendenz, sich woanders niederzulassen, besonders im Umland der Stadt oder in Frederiksberg – aber die Gerüchte besagten, und in Vesterbro logen Gerüchte selten, dass er zu diesen wenigen gehörte.

Von seinem Vater, dem irgendeine Erfindung im Zusammenhang mit Erntemaschinen patentiert wurde – entschuldigen Sie diese vage Ausdrucksweise, aber ich bin in der zweifellos faszinierenden Welt der Erntemaschinen nicht zu Hause, überhaupt ist mir das Landwirtschaftswesen fremd, wobei ich jedoch davon ausgehe, dass man, wenn man etwas sät, wohl auch etwas ernten wird –, von seinem Vater hatte er ein Vermögen geerbt, das ihm erlaubte, so zu leben, wie er leben wollte. Eine Möglichkeit, die viel zu wenigen von uns – leider auch mir nicht – gewährt wird.

Und er wollte offensichtlich Bücher sammeln. Löwenbrau war – im Slang der Kultivierten gesprochen – ein Bibliophiler. Ein bekannter Gast bei Auktionen und Antiquaren. Es wurde behauptet, dass sich nicht wenige Literaturprofessoren und Historiker mit unterdrückten Flüchen an ihn wenden mussten, wenn sie weder in der Königlichen Bibliothek noch in der Universitätsbibliothek fündig geworden waren. Seine angeblich enorme Etagenwohnung war vom Fußboden bis zur Decke mit Büchern und Papieren gefüllt.

Wie gesagt: Er war ein einsamer Mann, und er traf sich – erzählte Ehlers – anscheinend nur ab und zu mit gleichaltrigen Männern, die demselben Interesse nachgingen. Er war nie verheiratet gewesen, besaß nicht einmal mehr den kleinsten Rest von Familie, und alle Bedürfnisse, die er hatte, konnten allem Anschein nach durch seine Bücher befriedigt werden.

Er war tot aufgefunden worden. Aber erst, nachdem es durch den Briefschlitz zu stinken begonnen hatte.

An der Todesursache bestand kein Zweifel. Er hatte eine kräftige Läsion am Hinterkopf, und neben seiner Leiche lag immer noch sein Briefbeschwerer, ein schweres Modell aus Stein. Es hätte nur noch gefehlt, dass der Briefbeschwerer – er war geformt wie ein Buch – seinen Abdruck am Hinterkopf hinterlassen hätte.

Sein Vermögen war zum Teil in festen Schatzbriefen, zum Teil in der Bank angelegt, und nichts davon konnte – so sein Anwalt – angerührt werden. Er hätte natürlich einen größeren Barbetrag in der Wohnung gehabt haben können, aber nichts deutete darauf hin. Normalerweise bezahlte er mit Schecks, und sein Scheckheft steckte unberührt in der Innentasche seiner Jacke.

Der Mord wirkte also unerklärlich, und sogar auf der Polizeiwache breitete sich die Theorie aus, der Mörder könnte nur einer dieser klassischen, geisteskranken Verrückten sein, die einfach irgendjemanden ermorden mussten, egal wen.

Ein seltener Typ, aber es gibt ihn. Sowohl Ehlers als auch ich sind ihm schon mehr als einmal begegnet.

»Tja, ich muss jetzt los«, sagte Ehlers und leerte sein Glas, nachdem er die Geschichte zusammengefasst hatte. »Sie sagen, dass es vielleicht eine Spur gibt. Wenn es so ist, werde ich dir die Geschichte später erzählen.«

Ich sagte, dass ich mich darauf freute.

Es ist immer ein schönes Gefühl, wenn man noch etwas gut hat – selbst wenn es nur eine Geschichte ist. Vielleicht könnte einem ja plötzlich eine fehlen.

2

Es vergingen ein paar Tage, bis ich Ehlers wiedersah. Am Tag danach hatten unbekannte – mutmaßlich arabische – Bombenleger versucht, die israelische Botschaft zu zerstören, und ich musste mich der Sache annehmen. Wieder einen Tag später hatten zwei Rockerbanden das Feuer aufeinander eröffnet, zwei der Rocker waren tot, je ein »Stierfladen« und eine »Galoppierende Gans«, und auch diese Affäre musste ich für das *Bladet* übernehmen.

Kopenhagen fing allmählich an, einer Großstadt zu ähneln, mit allem, was eine solche ausmacht – Hass, Gewalt und sinnlose Morde.

Es dauerte also eine Weile, bis ich Ehlers' Geschichte zu hören bekam – oder, besser gesagt, ihren Schluss.

Wieder saßen wir im Stjernecafé und tranken ein Glas,

bevor wir nach Hause gingen. Wieder senkte sich die Dunkelheit über die Stadt. Wieder stand Bob hinter seinem Tresen und behielt – anscheinend mit demonstrativer Apathie – alles und alle im Auge.

»Also«, sagte Ehlers, »da gab es wirklich ein Motiv, dem ich vorher noch nie begegnet bin.«

»Erzähl, erzähl.«

»Sammelmanie. Hast du schon einmal darüber nachgedacht?«

»Nee … Also …«

»Hast du nie Briefmarken gesammelt, zum Beispiel?«

»Doch, natürlich – als kleiner Junge. Und Autokennzeichen, wenn die alten Sardinendosen die Straße heruntergeknattert kamen. Und Bilder von Fußballspielern und Filmstars und …«

»Und all die Dinge, die wir alle gesammelt haben. Das ist ganz normal. Aber Dr. Bang – du kennst ihn …«

»Soweit ihn jemand kennen kann, ja.«

»Dr. Bang erzählt mir, dass es eine anerkannte Krankheit namens Sammelmanie gibt – ich habe den lateinischen Namen vergessen. Diese Menschen entwickeln schlicht und ergreifend eine krankhafte Sucht nach Dingen – den Dingen, die sie zu sammeln begonnen haben. Es ähnelt fast der sexuellen Begierde, wenn es sie überkommt – sagt Bang. Sie können einfach nicht leben, wenn sie nicht bekommen, was sie wollen. Und das kann alles Mögliche sein. Hast du beispielsweise schon einmal bemerkt, wie viele Raritäten-Läden es bei uns im Viertel gibt?«

»Glaubst du, ich bin blind? Die sind doch überall.«

»Und wer, glaubst du, kauft ihre Sachen? Sammler! Es

gibt Sammler von altem Nazi-Zeug, von Orden und von Heilsarmee-Abzeichen. Andere sammeln ausgestopfte Vögel, vergilbte Feldpostkarten aus dem letzten Weltkrieg, Autogramme bekannter Leute, abgegriffene Münzen, die nicht mehr im Umlauf sind – kurz gesagt: alles. Ich meine, wenn du erst einmal anfängst darüber nachzudenken …

Stell dir nur mal eine typische dänische Durchschnittsfamilie vor. Papa sammelt vielleicht kleine Souvenir-Schnapsfläschchen, wie man sie auf Flughäfen kaufen kann – das habe ich selbst einmal gemacht, keine Ahnung, warum, aber ich hatte einen ganzen Schrank voll davon. Mama sammelt, sagen wir mal, Einmachtöpfe, obwohl sie nie im Leben auf die Idee käme, selber etwas einzukochen, da sie doch das ganze Jahr über im Supermarkt alles bekommt. Der Sohn sammelt Punk-Platten und die Tochter Pferdehefte, oder anders herum. Alle – o. k., fast alle – sammeln irgendetwas.«

»Ich nicht.«

»Und was ist mit deinen kostbaren Jazz-Platten?«

»Das ist etwas ganz anderes.«

»Das ist etwas anderes – falls es etwas anderes ist –, weil du anders bist. Weil dich nicht die große Manie befallen hat. Jetzt erinnere ich mich an den Namen: Kupidität – der krankhafte Drang, irgendetwas Bestimmtes besitzen zu müssen. Der hat zum Mord am alten Löwenbrau geführt.«

»Er besaß ein altes Originalmanuskript«, fuhr Ehlers fort. »Einen Brief von Hans Christian Andersen. Und weißt du was? Es war ein vollkommen nichtssagender Brief. Er war an jemanden adressiert, den er ›mein lieber Freund‹ nannte – er hatte nicht einmal einen Namen –, und bestand aus drei Zeilen, in denen er mitteilte, dass es ihm eine Freude sei, an einem bestimmten Abend zum Essen zu kommen, mit einem herzlichen Gruß und der Unterschrift ›H.C. Andersen‹. Und es gab einen Sammler, der dafür einen Mord begehen konnte. Einen anderen Sammler.

Du siehst also, dass ich mich korrigieren muss. Es gibt tatsächlich mehr Motive, einen Mord zu begehen, als Geld und Liebe.«

»Aber ein Brief von H.C. Andersen wird doch auch sein Geld wert sein, oder?«

»Eine dreizeilige Antwort auf eine Einladung zum Abendessen? Quatsch! Wenn er geschrieben hätte, dass er mit Frau Heiberg im Lotterbett gewesen sei, oder enthüllt hätte, dass B.S. Ingemann ein verkappter Schwuler war, dann vielleicht, aber so …

Aber der Mann, der Löwenbrau umgebracht hat, hatte eine Andersen-Manie. Er besaß schon etliche Briefe, doch er konnte nicht genug bekommen – er musste auch den allerletzten noch besitzen. Er hatte Löwenbrau angeboten, den Brief zu kaufen – zu einem schwindelerregenden Preis – aber wie gesagt, Löwenbrau verkaufte nicht gern. Er wollte lieber besitzen. Und daher gab es nur ein Mittel, an den Brief zu kommen …«

»Ich bekomme eine Gänsehaut.«

»Ich habe selber schon einige bekommen.«

»Und wie habt ihr es herausgefunden?«

»Durch einen Tipp – von einem dritten Sammler. Sie bilden offensichtlich eine ganze Bruderschaft, diese Sammler – fast wie eine Partisanengruppe oder eine geheime Freimaurerloge –, sie haben ihre eigene interne Sprache, und jeder weiß von den anderen, welche Kleinodien sie besitzen. Der Mörder konnte sich nicht beherrschen und prahlte mit seiner neuen Errungenschaft. Er zeigte sie einem Bekannten – einem Bekannten, der den Brief früher schon einmal bei Löwenbrau gesehen hatte, als dieser sich nicht beherrschen konnte und ihn herzeigen musste. Er wandte sich an uns, wir untersuchten die Angelegenheit, und der Mörder gestand ziemlich bald – insbesondere weil sein Anwalt ihm lange und gründlich erklärt hatte, die Tat sei dermaßen geisteskrank, dass ihn alle Geschworenen und jeder Richter zu ›dauerhafter geschlossener Verwahrung‹ verurteilen würden.«

»Ein höflicher Ausdruck für Irrenanstalt?«

»Was sonst?«

»Vielen Dank!«, sagte ich. »Billig davongekommen für einen Mord, das muss man sagen. Und wer war es?«

»Über den Fall ist eine Nachrichtensperre verhängt worden – er gilt als ungeeignet zur Veröffentlichung.«

»Aha?«

Ehlers schien sich einen Augenblick lang nicht wohl in seiner Haut zu fühlen, als hätte er Zahnschmerzen bekommen.

»Der Beschuldigte ist – äh – nah verwandt mit einem – äh – bekannten Vertreter der Regierungspartei.«

»Verstehe.«

»Du weißt, wie es ist.«

»Ich habe von so etwas schon gelesen.«

»Ja. Und hin und wieder darüber geschrieben.«

»Das *Bladet* verfolgt die klare Linie, jederzeit die ganze Wahrheit ans Licht zu bringen!«

»Sagt dein Chefredakteur, ja. Aber wenn es ein Mitglied seiner Familie wäre?«

»Es gibt natürlich gewisse Situationen, in denen man aus Gründen der Menschlichkeit Rücksicht ...«

»Genau!«

Ich gab Bob ein Zeichen, auf das er lange gewartet hatte. Zwei Drinks waren das traditionelle Modell, wenn Ehlers und ich uns trafen – und jetzt war es meine Runde.

Die Dunkelheit senkte sich dichter und schwerer über die Straße. Ich starrte aus dem Fenster auf all die anderen Fenster und fragte mich, wie viele verrückte Sammler sich wohl hinter ihnen verbargen – und welche absonderlichen Dinge sie dort wohl umhegen und pflegen mochten.

Oder für die sie vielleicht einen Mord begehen würden, um ihre Sammlung zu vervollständigen oder zu erweitern. Oder vielleicht ...

Standen dort nicht ungewöhnlich – geradezu krankhaft – viele Kakteen auf den Fensterbrettern im dritten Stock des Hauses gegenüber?

War dieser Mensch vielleicht von Kakteen besessen?

»Wie Kinder«, sagte Ehlers, mehr zu sich selbst als zu mir. »Ich kann mich an diese Melodie aus der Zeit erinnern, als meine Kinder klein waren – richtig klein! ›Ich haben!‹, hieß es da immer – ganz egal, ob es eine Apfelsine war oder ein Teddybär. Und wenn sie es nicht bekamen, dann brachen sie zusammen – heulend oder vor Wut. ›Ich haben!‹ ... Kinder sind nun einmal Kinder. Aber ein alter Mann – und ein Brief von H. C. Andersen ...«

Er schüttelte den Kopf.

Ich schüttelte auch den Kopf. Man ist schließlich solidarisch.

Zehn Minuten später gingen wir auseinander.

Dieses Mal hatte ich keine Story für das *Bladet* mitnehmen können, aber ich hatte trotz allem etwas bekommen, worüber ich noch nachdenken musste. Als ich zu meiner festen Postadresse heimkehrte, warf ich unwillkürlich einen langen, misstrauischen Blick auf die drei, vier Meter meines Regals, die in der Tat ziemlich dicht mit Jazzplatten vollgepackt waren – eine mehr würde allerdings immer noch hineinpassen.

Vielleicht sollte ich mal ein bisschen ausmisten.

Bevor …

Mord auf Tournee

1

Während wir im Taxi saßen, ein wenig schlaftrunken, noch nicht so recht den Fängen der nächtlichen Träume entkommen, stierte ich dumm und leer aus dem Fenster.

Warum sieht man eine Stadt immer dann am deutlichsten, wenn man sie verlässt?

Es war erst 6.30 Uhr, ein blasser, stahlgrauer Märzmorgen, und Kopenhagen hatte noch nicht ernsthaft begonnen aufzuwachen. Hier und da schepperte eine Mülltonne, hin und wieder kamen uns ganze Kolonnen von Lastwagen mit den täglich notwendigen Versorgungsgütern entgegen, gelegentlich sahen wir frierende Zeitungsboten ihre Fahrräder oder Mofas abstellen und trotzig die Treppen hinauftrampeln, beladen mit der täglichen Ausbeute an frischen Nachrichten – an deren Erzeugung auch ich meinen Anteil hatte.

Wir fuhren durch das Enghave-Viertel und weiter über die Sjællandsbrücke.

Der Chauffeur, ein breiter Mann mit rotfleckigem Gesicht, sagte nichts. Er konzentrierte sich auf seine eigene Welt, die aus drei Dingen bestand: seinem Lenkrad, seinem Radio – an dem er ununterbrochen herumdrehte – und seiner Filterzigarette, die er regelmäßig wechselte.

Auch Gitte sagte nichts. Sie hatte einen Stapel Papiere

dabei, die eine Hälfte in der Hand, die andere auf dem Schoß, und las aufmerksam. Zwischendurch sah sie gelegentlich auf, als ob sie sich vergewissern wollte, dass entweder ich oder der Chauffeur oder die Aussicht noch an ihrem vorgeschriebenen Platz waren, dann tauchte sie wieder ab.

Wir kamen an einem kleinen Wirtshaus am Stadtrand vorbei. Ein kleines, niedriges Gebäude, das sich als ganz bescheidene Holzkonstruktion am Wegesrand präsentierte. Es hieß *Ausschank*, und kleine weiße Tische waren davor aufgebaut. Wenn die Sonne ein bisschen herauskommen würde, wäre es zweifellos ein glänzender Ort, um einen Drink zu nehmen und all die Autos zu bestaunen, die in dieselbe Richtung unterwegs waren wie unseres – zum Flughafen.

Unter anderen Umständen wäre ich glücklich, ja ekstatisch gewesen. Der Flughafen – das könnte bedeuten: New York, London, Paris, Rom – oder meinetwegen auch Tokio, Marrakesch oder Kalkutta. Zu einer bestimmten Zeit hatte es das auch bedeutet.

Aber so war es nicht heute. Es bedeutete schlicht und einfach Aalborg.

Qual-borg!

Es hatte mit einem dieser Zusammenstöße begonnen, die selbst in den besten so genannten Paarverhältnissen vorkommen.

Am Abend zuvor war ich nach Hause gekommen – das heißt, zu Gitte nach Hause, denn aus irgendeinem Grund (der für uns beide sicherlich unerklärlich war) belegten wir nach wie vor jeder seine eigene Wohnung, und das in einer Stadt mit Wohnungsmangel, ziemlich asozial eigentlich, wenn man darüber nachdachte – was wir daher nicht taten.

Gitte saß im Sessel und hatte geweint, als ich hereinkam. Sie hatte ihr Bestes getan, um die Spuren zu beseitigen, aber wenn man liebt, hat man einen scharfen Blick – jedenfalls für denjenigen, den man liebt.

»Was ist passiert?«, fragte ich.

»Meine Großmutter ist gestorben«, antwortete sie.

»Deine Großmutter?«, fragte ich dämlich nach. »Tja ...«

Ich wusste nicht, was ich sagen sollte. Es hat noch nie einen einigermaßen normalen Mann gegeben, der wusste, was er in einer solchen Situation sagen sollte.

Aber ich bin kein normaler Mann: Ich bin Journalist. Ich konnte also immer noch ein Interview führen.

»Ja«, sagte ich. »Das ist aber traurig. Wie alt war sie denn?«

»85.«

»85! Mehr konnte sie wahrlich nicht verlangen.«

»Wie zynisch du bist!«

»Ach, hör doch auf, Schatz. ›Weine bei der Geburt, und freue dich über den Tod!‹, wie sie im alten New Orleans sagten. Auch ohne besonders zynisch zu sein, kann es doch wenig überraschen, dass eine Frau von 85 ihr Leben gelebt hat.«

»Das macht es nicht leichter.«

»Natürlich nicht. Ich kannte sie schließlich nicht.«

»Du hast dich ja noch nie für meine Familie interessiert.«

»Nein. Und ich habe es dir vorher gesagt: Jeder Mann, der behauptet, sich aufrichtig für die Familie seiner Frau zu interessieren, ist ein verdammter Heuchler. Hast du sie sehr geliebt?«

»Ich habe oft bei ihr gewohnt – als ich klein war. Papa und Mama sind viel gereist. Papa hatte damals so viele Fälle im Ausland.«

Typisch, dachte ich still für mich. Gittes Vater war Rechtsanwalt. Sogar zugelassen am obersten Gericht, einer der großen Stars auf seinem Feld – Wirtschaftsrecht. Sie selbst war Rechtsanwältin geworden. Rechtsanwälte zeugen Rechtsanwälte, Schauspieler Schauspieler, und die meisten Mitglieder des Parlaments sitzen dort bereits in der zweiten oder dritten Generation. So ist es, wenn man in Dänemark lebt: wie ein endlos laufendes Förderband. »Jedes Geschlecht folgt dem Weg des Geschlechts«, wie der alte Dichter schrieb.

»Wo wohnte sie denn?«, fragte ich. »In Aarhus?«

Dort wohnten Gittes Eltern. Ich würde es eine qualifizierte Vermutung nennen.

»Nein. In Aalborg.«

Ich legte ihr beruhigend einen Arm um die Schulter, oder zumindest stellte ich mir vor, mein Arm hätte diese Wirkung. Das ist doch eine Geste, die in einer solchen Situation von einem erwartet wird.

»Und Papa und Mama sind gerade verreist«, sagte Gitte. »Sie sind auf Arbeitsurlaub – in Paris. Das heißt, Papa arbeitet … Sie kommen so schnell wie möglich nach Hause, aber Papa hat noch ein paar wichtige Unterredungen. Er hat mir telegrafiert und gefragt, ob ich in Aalborg die Familie repräsentieren und alle rechtlichen Dinge ordnen wolle und …«

»Tja«, antwortete ich – und schenkte uns zwei Whiskys ein.

Sie nahm ihr Glas in die Hand und blieb damit sitzen. Das tat ich nicht. Ich leerte es und schaute aus dem Fenster, wo sich die Dunkelheit melancholisch über Vesterbro senkte.

»Also«, sagte ich leer. »Wann wirst du fahren?«

»Morgen«, antwortete sie. »Ich habe Tickets gebucht.«

»Natürlich«, antwortete ich. »Ich kenne dich. Ich weiß, wie pflichtbewusst und effektiv du bist – auch in Bezug auf deine Familie. Ich werde dich vermissen.«

Ich küsste sie auf die Wange.

»Dazu wirst du keine Gelegenheit haben«, sagte sie.

»Wozu werde ich keine Gelegenheit haben?«

»Mich zu vermissen. Du freust dich wahrscheinlich schon darauf, aber die Chance werde ich dir nicht geben. Du kommst mit. Ich sagte, dass ich Tickets gebucht habe.«

»Ja, aber …«

»Ja, aber was?«

Ich zündete mir eine Zigarette an, um zu verbergen, dass ich über meine Antwort nachdenken musste.

Es würde wenig freundlich klingen, wenn ich ihr sagte, dass ihre Großmutter – ungeachtet ihrer unbezweifelbaren Verdienste beim Hüten der kleinen Gitte –, wenn man es genau betrachtete, mich nicht besonders betraf, zumal sie offenbar auch tot war und man ihr für diesen Einsatz nicht mehr danken konnte.

Es wäre taktisch auch nicht besonders klug, ihr darzulegen, warum meine spontane Sympathie für ausgerechnet Aalborg ziemlich bescheiden ausfiel. Das könnte zu weiteren Fragen nach den Ursachen führen, und kein Mann in vollem Besitz seiner geistigen Kräfte würde jemals seiner Freundin von früheren Affären erzählen und woran ihn bestimmte Orte in dieser Stadt unwillkürlich und unvermeidlich erinnerten.

Nein, es gab nur noch einen Ausweg: die Arbeit! Sie gehörte zu den Dingen, vor denen Gitte – wie die meisten Frauen – noch Respekt hatte.

»Beim *Bladet* gibt es im Augenblick viel zu tun«, sagte ich bedauernd. »Wir starten gerade diese neue Kampagne. Ich glaube nicht, dass ich fahren kann.«

»Selbstverständlich kannst du fahren – wenn es einen Todesfall in deiner Familie gibt.«

»Meine Familie?«

»Es wird deine Familie sein, wenn wir heiraten, oder nicht?«

»Mein Chefredakteur ist da ein bisschen schwierig – aber ich kann ja versuchen, mit ihm zu reden ...«

Erneut sah ich ein Licht am Ende des Tunnels. Otzen, mein Chefredakteur, konnte tatsächlich schwierig sein. Er war sozusagen darauf geeicht. Und wenn man selbst noch versuchte, ihn dorthin zu bringen – und als jahrelanger Mitarbeiter wusste man, wie man das anstellen konnte –, hatte man alle Chancen, selbst einen Antrag auf neue Büroklammern abgelehnt zu bekommen.

Ich schmiedete bereits Pläne, wie ich ihn auf Hundertachtzig bringen würde, Schritt für Schritt, als mir – mit gewisser Verspätung – aufging, dass Gitte etwas gesagt hatte.

»Entschuldige, was hast du gesagt?«, fragte ich, während ich mir einen neuen Whisky einschenkte.

»Ich sagte nur«, antwortete Gitte sanft, »dass du nicht mit ihm zu sprechen brauchst. Das habe ich bereits getan. Er war vollkommen einer Meinung mit mir, dass es dir gut tun würde.«

Er hatte ohne Zweifel eine ganz andere Vorstellung als Gitte davon, was mir »gut tun« würde, aber es war nichts zu machen: Ich saß in der Falle. Es stand 2:0. Was kann ein einsamer Mann tun, wenn sich sein Chef und seine Freundin gegen ihn verbündet haben?

Da saß ich nun – nicht nur in der Falle, sondern auch im Taxi auf dem Weg zum Flughafen. Frauen haben – wie die Emanzen ihrerzeit ganz richtig erkannt hatten – Power.

Wir sprachen erst wieder miteinander, als wir nebeneinander im Flugzeug saßen und sie ihre Papiere weggesteckt hatte und als ein gewisser Kapitän Jönsson uns aufs Liebenswürdigste darüber informiert hatte, dass es in Nordjütland bewölkt sei, und uns eine »angenehme Reise« gewünscht hatte.

»Was hast du gerade gelesen?«, fragte ich mit höflichem Interesse. Die Erfahrung hatte mich gelehrt, dass Frauen höfliches Interesse zu schätzen wissen.

»Nur die Papiere meiner Großmutter. Ich habe sie gestern zugefaxt bekommen.«

»Etwas Interessantes dabei?«

»Nicht für einen Journalisten – insbesondere nicht für einen Kriminaljournalisten. Sie starb eines natürlichen Todes – Herzschlag. Sie hatte sich beim Putzen überanstrengt.«

»Und das nennst du einen natürlichen Tod?«

»Für sie und die Frauen ihrer Generation? Ja.«

Ja.

Ich verstand, was sie meinte. Ich hatte selbst einmal eine Großmutter. Vermutlich vom selben Typ – eine bedrohte Art, ein Modell, das anscheinend nicht mehr produziert wurde.

»Sie war so süß«, sagte Gitte plötzlich. »Jeden Sommer, wenn ich in den Ferien bei ihr war, nahm sie mich mit in den Wald und ins Tivoliland und in den Kildepark. Ich durfte mir immer selbst aussuchen, was wir zu Mittag aßen, und als Nachspeise gab es immer Eis, und ...«

»Ja«, antwortete ich automatisch und zündete mir eine Zigarette an.

»Du rauchst zu viel!«, sagte Gitte mit einem plötzlichen Stimmungsumschwung. Sie wusste, warum ich gerade jetzt eine angezündet hatte.

»Ja«, antwortete ich. »Das hat sie deinem Vater wohl auch immer gesagt, oder?«

Ich winkte die Stewardess heran, bestellte Kaffee und einen Kräuterbitter. »Nicht für mich«, sagte Gitte erst abwehrend und nahm ihn dann natürlich trotzdem, während ich zur Toilette ging.

Ein Mann stieß mich an – oder andersherum. Wir entschuldigten uns gleichzeitig – man ist schließlich zivilisiert.

Es war ein großer, hagerer, schwarzhaariger, etwa vierzigjähriger Mann in einem schwarzen Anzug.

Erst als ich in der winzigen Flugzeugtoilette stand und versuchte, meinen Rücken zu einem wohlgeformten Bogen zu krümmen, damit ich mich überhaupt dort aufhalten konnte, ging mir auf, dass ich diesen Mann früher schon einmal gesehen hatte.

Als ich zurückging, entdeckte ich ihn wieder. Er saß zusammen mit einer blonden Frau in einer Zweier-Sitzreihe vom selben Typ, wie Gitte und ich ihn einnahmen. Sie – eine dreißigjährige Blondine, die nicht nur unverschämt gut aussah, sondern auch bei jeder einzelnen Bewegung oder Regung deutlich zeigte, dass es ihr bewusst war und sie nicht die Absicht hatte, es zu verbergen –, sie kannte ich auch.

Aber woher?

Na ja, es war ja bestimmt auch egal. Bedeutungslos. Wir Journalisten kommen weit herum. Wahrscheinlich hatte ich beide tatsächlich schon einmal irgendwo gesehen. Sie hatten mich wahrscheinlich auch schon einmal gesehen, an irgendeinem (demselben?) Ort. Wer, bei meinem Alter und meinem Leben, hatte mich wohl noch nicht irgendwo gesehen? Wie hätte derjenige es denn vermeiden sollen – in einem Land mit fünf Millionen Einwohnern?

Gleichwohl lief es mir kalt den Rücken herunter, als ich sah, wer links von ihnen saß.

Ein allein sitzender, kleiner vierschrötiger Mann mit Sonnenbrille. Auch ihn kannte ich – aber ich erinnerte mich auch an ihn. Den kleinen vierschrötigen Mann hatte ich so einige Male gesehen – kraft meines Amtes, wie man so schön sagt.

Er hieß Pogliesi. Er war Italiener. Er war Gangster. Und er war in eine lange Reihe illegaler Geschäfte der Kopenhagener Unterwelt verwickelt gewesen und für einige davon auch angeklagt worden – ohne jemals verurteilt worden zu sein.

Warum er so leicht wiederzuerkennen war, lag daran, dass ihm das Schicksal – oder der Schöpfer, wer weiß – eine auffällige Ähnlichkeit mit einem Schwein verliehen hatte.

Nicht, gerade nicht, mit einer gemütlich grunzenden dänischen Normalsau, sondern mit einem echten Schwein.

Einem Wildschwein – mit sich sträubenden Borsten am ganzen Kopf und vermutlich auch am restlichen Körper.

Er trank schlürfend eine Tasse Kaffee mit Sahne und kaute schmatzend auf einem Stück Kuchen herum.

Er sah mich nicht an. Er sah nirgendwo hin.

Gitte konnte nicht verstehen, warum ich den Rest des Fluges »so schweigsam« war.

»Und, wo sollen wir jetzt hin?«, fragte sie im Flughafen von Aalborg. Wir standen draußen, mit der charmanten Aussicht auf parkende Autos, und mussten wegen eines plötzlichen nordjütischen Sonnenstrahls die Augen zusammenkneifen.

»Ich dachte, du kennst die Stadt.«

»Nicht die Hotels. Ich habe ja immer bei Oma gewohnt.«

Das hätte ich mir auch selber denken können. Die einzige Stadt, in der man die Hotels nicht kennt, ist diejenige, die man privat kennt: wo man wohnt. Ich selbst kenne jedes zweite Hotel in der Provinz – aber wie viele kenne ich in Kopenhagen?

Na ja, vielleicht doch mehr als andere. Bei meinem Job …

»Lass uns zum Bahnhof fahren«, sagte ich. »John F. Kennedys Plads. Zentraler geht es nicht. Dort gibt es Eisenbahn, Hotels und alles – ich meine, von dort kann man auch einfach wieder wegkommen.«

»Kennst du ein Hotel dort?«

»Das *Park*, oder das *Hafnia*, oder, wenn du es vorziehst, auch das *Missionshotel Ansgar* ...«

»Nein, danke. Du kennst dich gut aus – für einen Kopenhagener.«

»Du weißt, ich bin ein alter Tourneemusiker.«

»Du entscheidest.«

»Danke für dein Vertrauen.«

Wir winkten ein Taxi heran und ließen den Flughafen hinter uns.

Beim Einsteigen – nach der Dame, wie es von einem Gentleman erwartet wird – sah ich noch meine drei Bekannten vom Flug gemeinsam das nächste Taxi nehmen. Sie hatten einiges Gepäck dabei.

Die beiden Männer schwitzten. Die Frau lächelte unbeschwert und setzte sich neben den Chauffeur.

Wir hielten vor dem *Park Hotel*, direkt gegenüber vom Bahnhof, und checkten ein. Als wir unser Doppelzimmer bestellten und unsere kleinen Meldekärtchen mit unterschiedlichen Nachnamen und unterschiedlichen Adressen ausfüllten, zog der Rezeptionist die Augenbrauen hoch – als ob ...

Unwillkürlich warfen wir uns anerkennende Blicke zu. Nach sieben Jahren »intimer« Beziehung sahen wir offensichtlich immer noch so aus, »als ob« ...

Kein kleines Kompliment.

Während wir auf den Fahrstuhl warteten, um mit unseren Taschen und Koffern das Zimmer im zweiten Stock zu erreichen, öffnete sich erneut die Schwingtür des Hotels.

Hektischer Tag, offensichtlich. Neue Kunden.

Die drei aus dem Flugzeug.

Schnell wurden zwei daraus. Pogliesi sagte: »Ciao!«, stellte einen Koffer ab und verschwand wieder nach draußen.

Die beiden anderen begannen ihre Verhandlungen mit dem Rezeptionisten. Sie bekamen keine hochgezogenen Augenbrauen.

Jedenfalls nicht von ihm – aber …

2

Ich sah – wie man es immer tat, wenn man gerade ein Hotelzimmer bezogen hat – aus dem Fenster.

Es war die übliche Aussicht aus neun von zehn Provinzhotels: der Bahnhof. Aber zwischen dem Hotel und dem Bahnhof gab es – überraschenderweise – eine so genannte »Grünanlage«, geschmückt mit einem Reiterstandbild, hoch erhoben über allem und allen, sodass niemand es sehen konnte – es sei denn, man wohnte im Hotel, im zweiten Stock.

Ich überlegte einen Augenblick lang, wer dieser Reiter wohl sein könnte, aber dann fiel mir ein, dass ich das schon viele Male zuvor getan hatte – nämlich jedes Mal, wenn ich in den vergangenen Jahren in Aalborg abgestiegen war und hinausgesehen hatte. Und jedes Mal hatte ich – unter bedeutender mentaler Anstrengung – herausgefunden, dass es wohl kaum eine Rolle für mein armseliges Leben spielte, wenn ich wüsste, wer es war.

Es war nur ein Reiterstandbild. Es gibt sie überall.

Wie Parkplätze.

Der Bahnhof lag direkt gegenüber, links davon der Busbahnhof und rechts davon die Konkurrenz, das *Hafnia*.

Die Geografie war in Ordnung. Es war ein klassisches Provinzszenario.

»Hast du schon öfter hier gewohnt?«, fragte Gitte, während sie Zahnbürsten, Seifen, Cremes, Parfums, Nagellacke – und was Frauen noch so alles als die »einfachsten Notwendigkeiten« bezeichnen – auspackte.

»Hin und wieder«, antwortete ich.

»Ich hatte das Gefühl, der Mann an der Rezeption hätte dir zugeblinzelt?«

»So habe ich es nicht aufgefasst.«

»So? Nicht?«

»Nein. Er hat nur versucht, mit dir zu flirten.«

»Dann belassen wir es mal dabei. Ich muss gerade noch ein paar Anrufe erledigen.«

»O.k. Ich drehe solange eine Runde.«

Nicht weil ich besonders diskret sein wollte – dafür gab es auch keinen speziellen Grund –, sondern weil ich aus Erfahrung weiß, wie eng es in einem Hotelzimmer werden kann, wenn von zweien nur einer telefoniert und der andere nichts zu tun hat. Ich gehe davon aus, dass ich eine gewisse Tendenz zur Klaustrophobie habe. Jeder hat so seine Leiden.

Draußen auf dem Korridor traf ich den hageren Mann aus dem Flugzeug. Er schien nach irgendetwas zu suchen.

Oder vielleicht musste seine Frau – oder »Begleitung«, wie es in Restaurantbesprechungen so schön heißt – auch telefonieren.

Vielleicht hätte ich ihn auf einen Drink einladen sollen – die Idee kam mir jedenfalls später –, aber ich tat es nicht. Ich begnügte mich damit, mich selbst einzuladen.

Ich wusste, direkt links vom Hotel lag eine Bar, die sich *Boulevard Café* nannte. Nicht ganz dasselbe wie meine normale Stammkneipe, das Stjernecafé in der Istedgade, aber zumindest die Tischtücher hatten dieselbe grüne Farbe, und alles in allem kam sie von allen Kneipen in Aalborg, die ich kannte, dem Stjernecafé noch am nächsten.

Bewaffnet mit der aktuellen Lokalzeitung, machte ich es mir dort bequem, bestellte ein Bier und versuchte zu ergründen, wie viele Telefongespräche Gitte führen musste, um alle praktischen Details zu regeln: Testament, Leichenschau, Nachlassregelung und wie die ganzen Dinge noch heißen mögen. Einen Augenblick lang überlegte ich, wer das alles wohl geregelt haben mochte, als meine Großmutter starb.

Bestimmt meine Schwester.

Die Lokalzeitung brachte als Aufmacher einen Artikel über eine Frau namens Gerda, die ihre alte krebskranke Mutter namens Astrid pflegte und »bis zum Ende« weitermachen wollte. Ein Hofbesitzer in Klim feierte seinen siebzigsten Geburtstag. Eine örtliche Bank hatte eine neue Filiale in Klarup eröffnet und bei dieser Gelegenheit Luftballons an die Kleinen verteilt. Außerdem gab es zahlreiche Hochzeiten, Silberhochzeiten und Goldene Hochzeiten in der Stadt.

Hier war etwas los. Bei der Eröffnung eines neuen »Wohnprojekts« für Pensionäre in Gandrup war die Sozialministerin persönlich anwesend. »Die Alten wollen und können selbstständig sein!«, sprach sie.

Es schien um die Alten zu gehen.

Irgendjemand stand von seinem Tisch auf und warf eine Münze in die Musikbox. Die Musikbox brummte wie eine zufrieden schnurrende Katze und machte sich daran, etwas zu spielen, das klang wie: »Wie lebten wir in Saus und Braus/In Omas Schrebergartenhaus/In O-mas Schre-ber-gar-ten-haus«, wobei jede Silbe sorgfältig betont wurde, als gälte es, Rücksicht auf eventuelle Analphabeten zu nehmen.

Die Kinos spielten, den Annoncen nach zu urteilen, die Filme, die Gitte und ich vor einem Monat in Kopenhagen gesehen hatten.

Wir würden hier bestimmt viel Spaß haben.

Versuchsweise rief ich im Hotel an. Gittes – unser – Telefon war besetzt.

Als ich zurückkehrte, war sie fertig. Es ging mittlerweile auf 12.00 Uhr zu, und ein leise tröpfelnder Regen hatte eingesetzt, der umsichtigerweise darauf bedacht schien, möglichst große Rücksicht auf die Fußgänger der Stadt zu nehmen.

»Was jetzt?«, fragte sie.

»Wie wäre es mit einem Mittagessen?«, schlug ich vor. »Wir könnten zu Jens Bangs Stenhus hinunterschlendern – da bist du als Kind bestimmt auch gewesen. Oder in die

Jomfru Ane Gade – die soll so amüsant und künstlerisch und international sein. Das reinste Montparnasse!«

»Ehrlich gesagt möchte ich lieber direkt zu Großmutters Wohnung gehen und möglichst viel erledigen. Ich habe mich dort mit dem Bestatter verabredet. Du willst wohl nicht mitkommen, oder?«

»Ist ein Bestatter nicht genug?«

»Doch ... Und was machst du dann?«

»Nur ein bisschen herumstiefeln.«

»Vielleicht war ich unüberlegt. Vielleicht hätte ich dich nicht mitschleppen sollen.«

»Vielleicht nicht. Aber jetzt ist es ein bisschen spät, darüber nachzudenken, oder?«

»Wir leben nicht in der Steinzeit. Du kannst noch einen Flug zurück erwischen, wenn du willst.«

»Es geht immer und immer wieder nach Dänemark zurück ...«, summte ich. »Erledige einfach, was du erledigen musst, mein Schatz, dann sehen wir uns wieder.«

Ich antwortete nicht auf die Frage, die sie eigentlich gestellt hatte – ob ich ihr nicht helfen wollte –, aber das tun Männer nie. Ich weiß es.

Ich habe es von Frauen erfahren.

Männer – jedenfalls von meiner Bauart, die, wie ich zu meinem Ärger erfahren habe, nicht selten ist – neigen von Natur aus zu dem Gedanken: Warum zum Teufel kann man kein Mädchen lieben, ohne dass man sich gleichzeitig für ihre verdammte Großmutter interessieren muss? Ist das nicht genau die Methode, mit der die Frauen die Männer dauerhaft versklaven?

Gitte brach auf, und ich ging eine Runde durch die

Stadt. Ich setzte mich in *Duus Weinkeller* unter Jens Bangs Stenhus und redete mir selbst ein, dass dieses Lokal über 350 Jahre alt war, und dass ich doch irgendeinen historischen Flügelschlag spüren müsste, während ich in diesen historischen Gewölben saß.

Das Einzige, was ich spürte, war Müdigkeit – als hätte ich dasselbe Alter wie das Gebäude.

Na ja, gestern war ich spät ins Bett gekommen – wie immer. Und früh aufgestanden – wie sonst nie.

Ich könnte genauso gut zurück ins Hotel gehen und ein paar Stunden schlafen. Vielleicht könnten Gitte und ich uns so trotzdem einen schönen Abend machen. Vielleicht könnte ich sie ein bisschen aufmuntern. Aalborg eilt trotz allem der Ruf voraus, ein gewisses Nachtleben zu haben; und selbst wenn ihre Großmutter gestorben war, war sie doch immer noch am Leben und jung, vital, hübsch und mit Schwung in den Hüften und …

Ich kletterte zu unserem Doppelzimmer im zweiten Stock zurück. Der Rezeptionist war abgelöst worden, und ich kannte denjenigen, der jetzt seine Schicht begonnen hatte. Wir plauderten ein wenig darüber, wie und in welch erstaunliche Richtungen die Stadt sich seit dem letzten Mal doch verändert hatte – ein neues unterirdisches Parkhaus war hinzugekommen, und der Bahnhof wurde wieder einmal umgebaut –, bevor ich nach oben ging und mich bei geöffnetem Fenster auf das Doppelbett legte. Für einen alten eingeborenen Kopenhagener gibt es nichts Beruhigenderes und Einschläfernderes als das ruhige, rhythmische Geräusch von dichtem Straßenverkehr.

Ich träumte, dass eine Fliege um meine Nase herumsummte. Ich schlug danach. Wie man es eben so macht.

Doch sie hielt sich nicht an das Manuskript. Sie gab ein kleines explosives Geräusch von sich, bevor sie in den Kleiderschrank sauste.

Davon wachte ich halb auf.

Ich wurde ganz wach, als ich das Loch im Kleiderschrank sah.

Das Einschussloch.

Im selben Augenblick hörte ich das Geräusch von zersplitterndem Glas. Ganz in der Nähe war eine Fensterscheibe zerbrochen.

Ich lief ins Badezimmer – auf den Strumpfleisten und ohne Schlips. Ein beklagenswerter Anblick.

Glücklicherweise sah es niemand. Niemand sonst schien irgendetwas bemerkt oder gehört zu haben. Der Korridor war verlassen.

Ich ging zum Rezeptionisten hinunter und erzählte ihm, was geschehen war.

»Du«, sagte er. »Du bist ja immer zu einem Scherz aufgelegt. Ich kann mich erinnern, als du damals mit deiner Band hier warst, und die ganzen Nummern, die ihr damals durchgezogen habt. Ich hatte schon gedacht, du wärst mittlerweile erwachsen geworden.«

Ich konnte mich erinnern, es war der Abend, als …

»Komm«, antwortete ich. »Sieh selber nach.«

Ich zog ihn mit mir auf die Straße. Dort lagen tatsächlich ein paar Glasscherben, und als ich ihn dazu bewegte, sich ein Stück zurückzulehnen, konnte er selbst ein Fenster mit einem Loch darin sehen.

»213«, sagte er. »Was zum Teufel …? Sie sind direkt nach euch gekommen, oder?«

Wir benötigten seinen Extraschlüssel, um in Zimmer 213 zu kommen, aber es war die Mühe wert.

Das Zimmer war eine perfekte Kopie von unserem. Dasselbe Doppelbett, derselbe Garderobenschrank, derselbe winzige Schreibtisch mit demselben Stuhl.

Es gab nur eine ausgesprochen auffälligen Unterschied: der reglose Mann, der ausgestreckt auf dem Doppelbett lag.

Der hagere, dunkelhaarige Mann aus dem Flugzeug.

Ich legte mein Ohr zunächst an seinen Mund, dann an sein Herz. Es gab kein Anzeichen von Leben. Es sei denn, man wollte es Leben nennen – eine Art biologischen Lebens –, dass ein dünner Blutstrom aus seinem gelben Hemd tröpfelte und diesem eine Farbnuance verlieh, die einen Hauch attraktiver und avancierter erschien.

»Die Polizei!«, sagte ich lakonisch. »Und der Arzt. Und die ganze Schweinerei!«

»Sieht so aus.«

»Wie heißt er?«

»Keine Ahnung. Er hatte sich eingetragen, bevor ich gekommen war. Ich habe ihn noch nie gesehen.«

»Lass mich seine Meldekarte sehen, während du telefonierst.«

»O.k., wenn du willst …«

Die Karten besagten schlicht und einfach: Erik und Margit Andersen, Vesterbrogade 328, Kopenhagen V.

Scheinbar glaubwürdig.

Aber alte Kopenhagener – wie ich selbst – wissen, dass die Vesterbrogade mit der Nr. 208 aufhört.

Und dort heißt der Postbezirk bereits Frederiksberg.

Die Polizei traf innerhalb von zehn Minuten ein, zwei Mann stark und begleitet von einem Arzt. Sie schickten den Arzt ins Zimmer hinauf und behandelten in der Zwischenzeit den Rezeptionisten mit ausgesuchter Höflichkeit – ihn kannten sie.

Ich bekam nicht ganz dieselbe Behandlung. Mich kannten sie nicht.

Zum Ausgleich wurde mir zum ersten Mal bewusst, dass der Rezeptionist, mit dem ich so oft ein paar Worte gewechselt hatte, wenn ich kam und ging, Keld hieß. Normalerweise macht man sich über so etwas keine Gedanken. Es ist nicht üblich, dass derartige Dienstleister sich mit Namen vorstellen. Sie sind einfach da und präsentieren sich – bestenfalls – mit einem Lächeln.

Die Bullen verhielten sich skeptisch gegenüber meiner Geschichte, bis ich ihnen das Einschussloch zeigte, das mich geweckt hatte. Diesem Argument beugten sie sich. Tatsachen sind nun einmal Tatsachen.

»Aber wo ist Frau Andersen?«, fragte der eine, als wir wieder unten waren.

Keld zuckte mit den Schultern.

»Sie ist vor kurzer Zeit gegangen«, sagte er. »In Richtung Innenstadt.«

Er deutete auf die Vestergade.

»Aha«, sagte der Bulle.

Er sah aus, als ob ihm das eine Menge zu denken gegeben hätte.

Während er nachdachte, schaute ich ihm über die Schulter und sah eine mittlerweile bekannte Gestalt aus dem Eingang des Hotels *Hafnia* kommen.

Es war Pogliesi. Er ging leicht vornübergebeugt, als ob der Regen und der Koffer gemeinsam seinen Rücken beugten, eine kleine, gedrungene Gestalt, die den Bürgersteig überquerte, am Reiterstandbild vorbeiging und im Bahnhof verschwand.

Der Koffer ähnelte zur Verwechslung dem, den er für das »Ehepaar Andersen« getragen hatte.

Ich dachte nach. Ich dachte jedenfalls so lange und so angestrengt nach, wie ich es überhaupt jemals getan hatte.

Was würden diese Bullen sagen, wenn ich ihnen erzählte, ich hätte den Mann dort drüben zusammen mit dem »Ehepaar Andersen« im Flugzeug gesehen und das Gefühl gehabt, alle drei irgendwoher zu kennen? Was würden sie sagen, wenn ich ihnen erzählte, dass Pogliesi ein bekannter – wenn auch nie verurteilter – Gangster war?

Sie würden natürlich denken, dass ich zu viel wusste, um ganz sauber zu sein. Schließlich wurde zuerst auf mein Zimmer geschossen, oder nicht?

Also sagte ich nichts.

Einen Augenblick später fuhr ein Zug ab. Der Dampf stieg wie ein Strahl durch den Regen auf.

»Tja«, sagte der Arzt nach seinem Besuch in Zimmer 213. »Er ist erschossen worden. Er ist tot. Mehr gibt es dazu nicht zu sagen.«

»Mord?«, fragte der ranghöhere Bulle.

Der Arzt sah müde aus.

»Er selbst hatte keine Schusswaffe«, sagte er. »Und er ist durch das Fenster erschossen worden. Wenn ihr es als Unglücksfall betrachten wollt, könnt ihr das meinetwegen tun.«

Der andere Bulle kehrte von seiner Inspektion des Zimmers zurück.

»Sie sagten, dass dort zwei Gäste logierten?«

Keld zeigte ihm die Karten und fügte hinzu: »Ich war zu der Zeit nicht hier.«

»Ich war hier«, sagte ich beflissen. »Wir haben fast gleichzeitig eingecheckt. Sie sah folgendermaßen aus ...«

Ich gab ihnen eine kurze, konzise Beschreibung. Circa 30 Jahre, blond, circa 1,65 Meter, circa 55 Kilogramm, ein bisschen mollig.

»Sie ist Ihnen also aufgefallen, was?«, kommentierte einer der Bullen.

»Schauen Sie keinen Frauen nach?«, fragte ich. »Die meisten Männer tun es. Ich bin da keine Ausnahme.«

Er antwortete nicht.

Der andere war offenbar intelligenter.

»Gut, dass wir eine Beschreibung haben – besonders da die Frau aufzufallen pflegt. Sie ist offensichtlich verschwunden. Es gibt dort nichts außer der Leiche und einem Koffer mit Herrenkleidung – nicht einmal ein Kleenex, nicht einmal ein Hauch von Parfum im Badezimmer. Man könnte glauben, dass sie nie dort war.«

»Brauchen Sie mich noch?«, fragte ich. »Ich habe eine Verabredung.«

Der eine Bulle betrachtete mich missbilligend, als ob es schon fast illegal wäre, zumindest aber der Verdacht auf eine Illegitimität bestand, wenn man eine Verabredung in Aalborg hatte.

Der andere, der intelligente, fragte: »Bleiben Sie länger hier?«

»Das weiß ich nicht«, antwortete ich wahrheitsgemäß. »Die Großmutter meiner Frau ist gestorben. Sie ist Rechtsanwältin und muss hier ihren Nachlass regeln. Ich bin einfach nur dabei wie das berühmte fünfte Rad am Wagen.«

»Name und Adresse?«

Keld gab ihm unsere Karten, ich zeigte ihm zum Vergleich meinen Ausweis, und er nickte billigend.

»Wir müssen vielleicht noch einmal mit Ihnen sprechen.«

»Jederzeit«, antwortete ich zuvorkommend. Ich war kurz davor, mich zu verbeugen.

Dann ging ich nach oben und zog mir Schuhe, Schlips, Hut und Jacke an, bevor ich mich nach draußen begab.

Die Bullen standen immer noch da und debattierten. Ich winkte Keld freundschaftlich zu, überquerte die Straße und begab mich ins Hotel *Hafnia*, wo ich nach meinem Freund Pogliesi fragte.

»Bei uns wohnt niemand mit diesem Namen«, sagte der Rezeptionist.

»Oh«, sagte ich entschuldigend. »Vielleicht habe ich den Namen falsch verstanden – ich bin ein bisschen schwerhörig, und ich habe ihn erst gestern kennen gelernt. Er sieht folgendermaßen aus …«

Ich beschrieb ihn.

Die Augen des Rezeptionisten wurden kugelrund. »Groß wie Untertassen«, wie der Dichter sagen würde.

»Doch, der war hier. Er sagte, dass er Zebbug heißen würde«, antwortete er. »Er ist mit der Morgenmaschine gekommen und war nur ein paar Stunden auf seinem Zimmer; dann bekam er einen Anruf, bezahlte, fragte nach der Zugverbindung nach Aarhus und ging. Das ist noch keine halbe Stunde her.

»Wie ärgerlich«, sagte ich. »Hat er im zweiten Stock gewohnt?«

»Ja. Warum?«

»Ach, nichts. Entschuldigen Sie bitte, dass ich Ihnen Umstände gemacht habe!«

Ich ging zum Bahnhof hinüber und hörte mich um. Eine freundliche ältere Dame erzählte mir, dass der Zug nach Aarhus – die regelmäßige Intercityverbindung – erst in einer halben Stunde aus Frederikshavn eintreffen würde. Der Zug, der gerade abgegangen sei, fahre nach Holstebro und Struer, und mein »Freund« habe eine Fahrkarte nach Holstebro gelöst.

Ich kaufte mir auch eine – für den nächsten Zug.

3

Bis zur Abfahrt war es noch eine Stunde.

Diese Stunde verbrachte ich in tiefer Schläfrigkeit im *Boulevard Café*. Es war wie in einem Kino mit riesiger Cinemascope-Leinwand, einer Leinwand namens Aalborg. Es war sehr unterhaltsam.

Zuerst fuhr ein Krankenwagen am *Park Hotel* vor und holte »Erik Andersen« ab, eingepackt in ein oder zwei Laken aus dem Überschusslager des Hotels. Die Passanten am Bahnhofsplatz hielten für einen Augenblick an und glotzten, bevor sie – nach näherer Überlegung – zu dem Schluss kamen, dass es sie nichts angehe und sie besser nicht vergessen sollten, was sie im Føtex oder im Brugsen – oder wo sie sonst ihre Einkäufe zu erledigen pflegten – besorgen wollten.

Dann kamen die Bullen heraus, setzten sich in ihren Streifenwagen und fuhren zurück zur Wache, und der Frieden hielt erneut Einzug auf dem Platz.

So halbwegs. Will sagen: so viel Frieden, wie überhaupt irgendwo Einzug halten kann, wo sich Menschen aufhalten.

Eine Schulklasse quoll aus dem Bahnhofsgebäude hervor und breitete sich, wie bei einer altmodischen Quadrille, in gewissen wogenden Bewegungen zu einem chaotischen Wirrwarr aus. Die Jungs ärgerten die Mädchen, oder war es andersherum? Von dort, wo ich saß, konnte ich es nicht ausmachen.

Von woanders auch nicht. Mir war es bis jetzt jedenfalls noch nicht geglückt. Und ich habe es schon einige Jahre lang versucht. Länger als sie.

Ich bestellte noch ein Bier und schaute auf die Uhr. Ich hatte Zeit genug. Ich hatte viel zu viel Zeit. Das kommt davon, wenn man so zeitig aufsteht.

»Scheiß Kopenhagener!«, sagte jemand.

Es war ein großer, breitschultriger Mann in einem schäbigen braunen Anzug. Es war ein paar Tage her, dass er sich rasiert hatte.

Ich schaute ihm in die Augen – ziemlich verblüfft, fast beeindruckt. Ich war mir nicht sicher, ob man einem relativ durchschnittlich aussehenden Mann ansehen konnte, dass er aus Kopenhagen war – aber ich war ja auch nicht aus Aalborg. Vielleicht haben sie hier einen besonders scharfen Blick für so etwas.

»Ja?«, antwortete ich, höflich und verwundert.

»Was zum Teufel willst du hier? Warum bleibst du nicht, wo du hingehörst?«

»Henrik, lass den Herrn in Ruhe«, sagte eine Frau an einem anderen Tisch.

»Was zum Teufel wollen diese großkotzigen Kopenhagener hier?«, fragte Henrik erregt. »Sie gehören nicht hierher!«

Henrik war sehr betrunken. Manche Leute wissen nicht, was sie mit ihrer Zeit anfangen sollen, wenn sie betrunken sind. Das gilt nicht nur in Jütland. Das gilt, so weit meine bescheidenen Erfahrungen reichen, nahezu universell.

Ich zündete mir eine Zigarette an und schaute aus dem Fenster, als ob ich gar nichts bemerkt hätte, sondern nur mein kommendes 25-jähriges Berufsjubiläum als Prokurist der Dänischen Kreditanstalt plante.

Manchmal wirkte diese Methode, manchmal nicht.

Diesmal nicht.

»Antworte, wenn ich mit dir rede!«, brüllte der Mann und beugte sich drohend über den Tisch.

»Entschuldigung?«, antwortete ich sanft irritiert. »Was haben Sie gesagt?«

»Was zum Teufel willst du hier?«

Ich deutete geduldig, aber deutlich, auf mein Glas.

»Ich trinke ein Bier«, antwortete ich. »Während ich auf

den Zug warte. Da muss man wirklich nicht erst fragen – das kann doch jeder sehen. Darf ich nicht in Ruhe und Frieden hier sitzen?«

»Solche wie dich wollen wir hier nicht haben!«, antwortete Henrik.

Einen Augenblick lang dachte ich darüber nach – das mit dem Nachdenken ist und bleibt eine meiner Schwächen –, was »solche wie ich« eigentlich für welche waren.

Ich meine, ich bin um die vierzig, männlichen Geschlechts – wie knapp die Hälfte der Weltbevölkerung – circa 1,85 Meter groß, circa 75 Kilogramm schwer – beides gemäß meines polizeilich kontrollierten Passes –, von dunkler Haarfarbe und mit einem kurz gestutzten Schnurrbart. So würde mein Steckbrief klingen, wenn die Polizei einen Anlass hätte, nach mir zu fahnden. Und dann würde es außerdem noch heißen, dass »die gesuchte Person« ein weißes Hemd mit einem roten Schlips unter einem schwarzen Anzug trägt.

Es muss mehrere Milliarden von uns »so welchen« auf der Welt geben. Sogar im kleinen Dänemark müssen wir doch mindestens eine Million Männer in diesem Alter und mit dem mehr oder weniger entsprechenden Körperbau sein.

»Das ist jetzt genug, Henrik!«, sagte plötzlich ein Mann hinter ihm. »Jetzt raus mit dir.«

Es war der Kellner. Mit der besonderen, unanfechtbaren Autorität, die nur Kellner haben, bugsierte er Henrik im Verlauf weniger Sekunden aus der Tür. Henrik stolperte auf der Treppe. Ich konnte ihn von dort unten fluchen hören. Er hatte sich bestimmt wehgetan.

»Bitte entschuldigen Sie den Zwischenfall, mein Herr«, sagte der Kellner. Er beugte sich zu mir herunter und fuhr leise fort:

»Wissen Sie, Henriks Frau ist mit einem Kopenhagener durchgebrannt. Seitdem hat er …«

Ich nickte nur verständnisvoll und bestellte noch ein Bier. Die ganze Welt ist voll von solchen Leuten. Warum sollte ausgerechnet Aalborg eine Ausnahme sein?

Endlich konnte ich in Ruhe nachdenken.

Es konnte kein Zweifel daran bestehen. Pogliesi – oder Zebbug, wie er sich nunmehr anscheinend nannte – hatte höchstwahrscheinlich im zweiten Stock des Hotels *Hafnia* gestanden und zum *Park Hotel* hinübergeschossen. So weit, so gut.

Aber warum? Er hatte wohl kaum zum Spaß geschossen. Wenn sein Strafregister – oder auch nur sein Ruf – nicht log, war er kein Amateur. Er musste einen Grund dafür gehabt haben.

Man schießt nicht einfach nur auf ein Hotelfenster – oder meinetwegen auch auf zwei.

Nochmal von vorne.

Er hatte zuerst auf unser Fenster geschossen, dann auf »Andersens«. Aber worauf hatte er gezielt? Wie oft stellten sich Hotelgäste rücksichtsvoll und zuvorkommend direkt vor dem Fenster als Zielscheibe auf, falls jemand auf die Idee kommen sollte, sie von dem entsprechenden Stockwerk auf der anderen Straßenseite aus zu erschießen?

Ich zum Beispiel hatte auf dem Bett gelegen. Das hatte »Andersen« nicht.

Selbstverständlich, erklärte ich mir selbst mit herablassender Geduld, das war es. Pogliesi hatte mit »Andersen« verabredet, dass dieser sich zu einem bestimmten Zeitpunkt – dem Zeitpunkt, der sein Todesaugenblick werden sollte – an sein Fenster stellte – vielleicht um ein Signal zu empfangen. Sie waren gemeinsam aus Kopenhagen gekommen, drei Personen, und nur der eine war in das Hotel gegenüber dem der anderen gezogen – nachdem er ihnen mit dem Gepäck geholfen hatte.

Seltsam.

Der eine war tot, und der andere war weitergefahren – sofort.

Sie ließen einen Dritten zurück – die Frau. Was war mit ihr? Mit wem von ihnen war sie zusammen? Hatte sie nach Absprache mit Pogliesi »Andersen« verleitet, sich ans Fenster zu stellen? Wenn ja, warum? Und wo war sie geblieben?

Gute Frage, wie Politiker zu sagen pflegen, wenn sie Zeit gewinnen wollen.

Ich musste keine Zeit mehr gewinnen. Ich ging ins Hotel hinüber, bat Keld, Gitte Bescheid zu geben, dass ich wegmusste, aber anrufen würde – er betrachtete mich etwas skeptisch, aber das hätte ich an seiner Stelle auch getan –, und ging wieder zum Bahnhof hinüber.

Ich erwischte den Zug im letzten Augenblick. Im Mittelgang stehend zwischen Raucher- und Nichtraucherabteil sah ich auf den John F. Kennedys Plads hinaus und winkte – zumindest in Gedanken – dem *Park Hotel*, dem *Hafnia* und dem Reiterstandbild des nach wie vor unbekannten lokalen Räuberhäuptlings ein vorläufiges »Auf Wiedersehen« zu.

Jens Bangs Stenhus und Jomfru Anes Gade mussten sich bis auf weiteres gedulden.

Das taten sie sicherlich auch. Das haben sie schon so lange getan.

Erst als ich in dem noblen, braungrau gestreiften Abteilsitz saß mit freier Aussicht auf die Notbremse und das Angebot des Monats im Zugbistro – Vollkornbrötchen mit französischer Leberpastete –, fiel mir auf, dass es vollkommen wahnsinnig war, was ich hier tat.

Was ging mich das alles an? »Andersen« war nicht mein Bruder. Er war nicht einmal meine Großmutter, geschweige denn Gittes.

Was mich betraf, konnte er tot oder lebendig sein, ganz wie es ihm gefiel oder wie es anderen gefiel. Für meine bescheidene Person machte es keinen Unterschied.

Lag es einfach nur daran, dass ich Journalist war – und bin?

Nein, wahrscheinlich war ich einfach nur wahnsinnig geworden. Ich hatte begonnen, mich dem Rest der Welt anzupassen. Es war auch an der Zeit.

Langsam, Grad für Grad, Zipfel für Zipfel, wie ein Szenenbild im Theater, senkte sich die Dunkelheit über uns hinab. Die frühe Nachmittagsdämmerung, bei der man – ich – auf dem Heimweg vom *Bladet* am Rådhusplads gern im Stjernecafé sitzen und eine Partie Bluff mit Bob, dem Bartender, auswürfeln sollte. Und stattdessen saß ich hier, in einem jütländischen Bummelzug.

Wir fuhren an ein paar Feldern vorbei, die sich zum Verwechseln ähnlich sahen. Wir fuhren auch an ein paar Dörfern vorbei, die wie Fotografien von Dörfern aussahen. Alles zusammen sah aus wie vollendet ausgearbeitete Illustrationen für ein Kinderbuch aus dem vergangenen Jahrhundert. Ich hatte es zwar schon einmal gelesen, aber jetzt las ich es eben nochmal. Was soll's …

Es war genauso spannend wie immer, was so viel heißt wie: nicht umwerfend. Jedenfalls nicht auffällig umwerfend.

Dafür hing ein interessantes Schild an der Abteiltür. Dort stand, man sollte diese nicht durch »Gepäck oder dergleichen« versperren.

Ich versuchte herauszufinden, was »dergleichen« noch sein könnte, wenn man es im Zug dabeihatte und es kein Gepäckstück war. Es gab nur eine einzige Lösung: Es musste sich um eine Leiche handeln. So wie ich es verstand, war eine solche – oder meinetwegen auch irgendetwas anderes – vollkommen in Ordnung, solange sie nicht die Tür versperrte.

Es war halb dunkel, als wir schließlich nach Holstebro hineinpolterten. Ich verließ den Bahnhof, überquerte den Fluss, nickte – wie ein alter Freund – der Granitskulptur eines Wildschweins zu und begab mich zu den Hotels neben der Holstebro-Halle, wo ich mir das Recht auf einen eigenen Schlüssel im Hotel *Bel Air* sicherte.

Dieses Mal war es die 217.

Was für eine Schlüsselsammlung ich inzwischen hatte! Im Augenblick konnte ich mit Fug und Recht zwei Hotelzimmer in Jütland bewohnen. Es gibt nicht viele, denen so viele Betten pro Nacht zur Verfügung stehen – und die sie obendrein noch bezahlt haben.

Mein Zimmer war genauso bezaubernd wie das, das ich

in Aalborg verlassen hatte, und wie die meisten anderen seiner Art, die ich gesehen hatte. Es bediente fast sämtliche menschlichen Bedürfnisse: Ich konnte mich waschen, ich konnte schlafen, ich konnte mich auf einen Stuhl setzen, ich konnte fernsehen, ich konnte telefonieren.

Obwohl gerade das Kinderprogramm lief, entschied ich mich für das Telefon. Während draußen der Feierabendverkehr – jedenfalls das bisschen, das man hier davon zusammenkratzen konnte – sein Bestes gab, versuchte ich, eine Verbindung zu Gitte herzustellen.

Es gelang.

Es hätte nicht gelingen dürfen. Und eigentlich hätte ich es wissen müssen.

»Wo steckst du denn?«, fragte sie. »Und was ist das für eine Mordgeschichte?«

Ich erzählte es ihr, so kurz ich konnte.

»Die Polizei war hier, um dich zu vernehmen. Zwei Mal! Und ich wusste noch nicht einmal, wo du steckst …«

»Ich bin gerade in Holstebro. Im *Bel Air.*«

»Soll ich es ihnen sagen?«

»Um Himmels willen – nein! Sag ihnen, wenn sie wiederkommen, dass ich gerade eine Rundfahrt mache und sicher bald wieder zurück bin. Sag ihnen, dass ich im Übrigen recht oft einfach für ein paar Tage verschwinde, wenn ich freihabe und die Gelegenheit sich bietet. Das ist so eine Angewohnheit von mir, und es ist nicht immer leicht für dich, aber …«

»Das habe ich ihnen alles schon gesagt, und das Letzte ist im Übrigen vollkommen richtig: Es ist nicht leicht für mich. Ganz besonders jetzt nicht.«

»Ich bin nur froh, dass du nicht im Zimmer warst, als die Kugel durchs Fenster kam«, antwortete ich. »Wenn du dich zum Beispiel in genau diesem Augenblick zu voller Größe aufgerichtet hättest, um auf die Toilette zu gehen oder ins Badezimmer oder zum Kleiderschrank hinüber, dann hätte ich meine Geliebte verloren – und deine Eltern ihre einzige Tochter.«

Das wirkte.

Wie geplant: Ihre Stimme wurde sanft.

»Ja, aber was hast du vor?«, fragte sie.

»Keine Ahnung«, räumte ich ehrlicherweise ein. »Mich ein bisschen umsehen. Vielleicht kann ich etwas herausfinden.«

»Warum solltest ausgerechnet du etwas herausfinden?«

»Das weiß ich auch nicht. Doch, vielleicht weil er auch auf mich geschossen hat – oder es zumindest versucht hat. Na ja, Schwamm drüber – wie war denn dein Tag?«

»Unglaublich amüsant. Ich weiß zwar, wie wenig Fantasie Männer haben, aber selbst du kannst dir wahrscheinlich vorstellen – wenn du dich ein bisschen anstrengst –, wie unwahrscheinlich unterhaltsam, spannend und champagnerlaunig es ist, einen Nachlass zu entrümpeln, oder?«

»Hast du viele Bilder von dir selbst als jungem Mädchen mit Petticoats und Zöpfen und Zahnspange gefunden?«

»Ich hatte keine Zahnspange.«

»Dann entschuldige bitte. Es war nicht so gemeint.«

»Ich weiß. Du hast es viel schlimmer gemeint. Gerade im Augenblick bist du einfach eklig. Wann kommst du zurück?«

»Ich weiß nicht. Ich rufe später noch einmal an.«

»Das sagst du immer.«

»Ach, jetzt hör aber auf. Ich mache das schließlich nicht zu meinem Vergnügen.«

»Auch nicht zu meinem – wenn es dir überhaupt etwas bedeutet. Viel Spaß!«

Damit knallte sie den Hörer auf die Gabel.

Ich rief noch einmal an. Sie wusste natürlich, dass ich noch einmal anrufen würde, also ging sie nicht ran. Und ich wusste natürlich auch, dass sie nicht rangehen würde, wenn ich sie noch einmal anrief, weil sie wusste, dass ich es war. Es gehören immer zwei dazu, wie eine alte Kaffeereklame in meiner Kindheit zu sagen pflegte.

Ich rief in Kopenhagen an und hatte mehr Glück. Polizeiinspektor Ehlers saß nach der normalen Arbeitszeit noch immer an seinem festen Arbeitsplatz auf der Wache am Halmtorvet und starrte auf Vesterbro hinaus.

»Hör mal«, sagte ich. »Ich rufe aus Holstebro an …«

»Aha, da bist du jetzt also?«, antwortete Ehlers ruhig. »Du kommst wirklich herum. Zuletzt wurde in Aalborg nach dir gefahndet.«

»Gefahndet?«

»Wie man's nimmt. Sie haben jedenfalls hier angerufen und sich erkundigt, was für ein Typ du seist und wie sehr man dir vertrauen könne. Ich selbst habe mit ihnen gesprochen. Du gehörst schließlich zu meinem Polizeidistrikt.«

»Und was hast du gesagt?«

»Die Wahrheit. Was sonst?«

»Das ist nicht dein Ernst.«

»Ich bin Beamter. Dafür werde ich bezahlt.«

»Und du hast Kinder, ja. Zur Sache: Bist du über die Hintergründe aufgeklärt?«

»Ja, so halbwegs. In welchem Hotel bist du?«

»Bel Air.«

»Gut, dann sehen wir uns in ein bis zwei Stunden. Ich mache mich sofort auf den Weg zum Flughafen.«

»Hierher?«

»Sonst würden wir uns wohl nicht *sehen*, oder? Achte auf deine Sprache. Dieser ›Andersen‹, der sich im *Park Hotel* eingetragen hat, ist in unserer Kartei besser bekannt als Fischer. Er pflegt sich Andersen zu nennen, das ist so eine Angewohnheit von ihm. Eine andere seiner Angewohnheiten ist es, mit größeren Partien Heroin zu handeln, eine dritte, illegale Glücksspiele zu betreiben, und dann hat er sich noch – wenn ich den Klatsch hier im Viertel richtig deute – eine vierte, ganz neue Angewohnheit zugelegt: nämlich mit den Einnahmen zu verschwinden – allein, und ohne sie mit seinen Partnern zu teilen.«

»Er war nicht allein, als wir hier ankamen.«

»Aber jetzt ist er es, oder nicht?«

»Sehr.«

»Da siehst du. Wir werden die anderen finden – Pogliesi und das Mädchen. Bis dann. Sei in der Zwischenzeit vorsichtig. Das sind Profis.«

»Dann sind sie bestimmt schon im Ausland.«

»Nein. Alle Passkontrollen sind schon vor zwei Stunden alarmiert worden – während du im Zug gesessen und geschlafen hast. Ich bin auch kein Amateur.«

»Auf Wiedersehen.«

Wir legten auf.

Ich versuchte es noch einmal, aber Gitte war immer noch sauer und wollte nicht ans Telefon gehen.

Stattdessen schickte ich ihr ein Express-Telegramm mit dem Wortlaut: »Ich liebe dich – ein anonymer Bewunderer.«

Dann verließ ich das Zimmer und ging in die Stadt. Ich dachte, ich könnte vielleicht das eine oder andere herausfinden.

Als der Amateur, der ich war.

4

Wie findet man einen Fremden in einer fremden Stadt?

Natürlich: Man fängt da an, wo man selber kein Fremder ist. Ich ging in den *Flamingo Club* hinunter, wo ich schon einmal gespielt hatte. Vielleicht gab es dort noch immer jemanden, den ich kannte.

Den gab es. Der Barkeeper war noch derselbe.

Nachdem wir die alten Zeiten abgehandelt hatten, wie sehr wir uns doch gleich geblieben seien, wie lange es doch her sei und wie lustig (oder war es viel lustiger) alles damals doch gewesen sei, quetschte ich ihn nach Pogliesi aus.

Er sagte, dass hinten im Halbdunkel ein Typ sitze, am anderen Ende der Bar, der durchaus derjenige sein könne, den ich beschrieben hätte. Wenn ich ohnehin irgendwann pissen müsse, dann …

Ich wusste, was er meinte. Plötzlich fühlte ich einen unaufschiebbaren, unbändigen, spontanen, zügellosen Drang, die Toiletten aufzusuchen.

Der Mann, nach dem ich suchte, saß an einem kleinen Tisch und spielte Karten mit zwei anderen Kerlen. Er hatte seinen Hut tief in die Stirn gezogen und schaute nicht auf. Das tut man selten, wenn man Karten spielt, besonders dann nicht, wenn man es ernst damit meint.

Auf Katzenpfoten schlich ich an ihnen vorbei, hinaus zur Herrentoilette, wartete eine angemessene Zeitspanne ab und zog dann an einer zur Verfügung stehenden Schnur.

Als ich wieder herauskam, war Pogliesi weg, genau wie seine Mitspieler.

Ehlers hatte recht: Sie waren Profis, diese Leute. Pogliesi musste mich in Aalborg gesehen haben, und allein dass er mich so kurze Zeit später in Holstebro wiedergesehen hatte, ließ seine Alarmglocken klingeln, und er war zumindest nicht bereit, ein Risiko einzugehen.

»Er ist sofort gegangen«, sagte mein Freund, der Barkeeper. »Ich will ja nicht misstrauisch sein, alter Junge, aber was für eine Rechnung hast du mit ihm noch offen? Er sitzt hier seit einer Stunde friedlich herum, dann kommst du und fragst nach ihm, ihr schaut euch an – und schwupps ist er draußen … Er hat sich nicht einmal mehr die Zeit genommen, auf sein Wechselgeld zu warten.«

Er zeigte mir einen Hundertkronenschein.

»Was hat er getrunken?«, fragte ich mechanisch.

»Ausschließlich Wasser. Die anderen haben Bier getrunken.«

Ein weiterer verdächtiger Umstand. Wie schon der alte

W.C. Fields sagte: »Vertraue nie einem Mann, der nicht trinkt.«

Denn warum tut er es nicht?

Um einen kühlen Kopf zu bewahren.

Und warum braucht er einen so verdammt kühlen Kopf?

Weil er noch ein Ass im Ärmel hat, das er ziehen möchte.

Natürlich hätte ich die Polizei in Holstebro anrufen müssen, aber bevor ich ihnen erklären könnte, wie alles zusammenhing – soweit ich das überhaupt wusste –, hätten sie mich aller Wahrscheinlichkeit nach selbst eingebuchtet, zumindest bis Ehlers eintraf und mich identifizierte. Man könnte ihnen deswegen nicht einmal einen Vorwurf machen. Meine Geschichte hätte vollkommen wahnwitzig geklungen – für jemanden, der mich nicht kannte.

Vielleicht sogar für andere. Zum Beispiel für Gitte.

»War er früher schon einmal hier?«, fragte ich den Barkeeper.

Er zuckte mit den Schultern.

»Da bin ich mir, ehrlich gesagt, nicht sicher, du … Hier kommen und gehen so viele Leute. Er gehört jedenfalls nicht zu denjenigen, die ich kenne.«

Draußen auf der Straße hatten die Geschäfte geschlossen, und die Menschenströme hatten sich aufgelöst. Die Leute waren nach Hause gegangen, um zu essen; das ist so eine Angewohnheit von ihnen.

Es wäre sicherlich klug gewesen, dem Beispiel der Masse zu folgen. Es waren vierundzwanzig Stunden vergangen, seit ich das letzte Mal dergleichen versucht hatte.

Also bezahlte auch ich – nahm aber das Wechselgeld mit –, sagte aufmunternd: »Bis bald!«, ging zur Tür hinaus und absolvierte die ersten paar Schritte zurück zum Hotel.

Da bemerkte ich, wie sich hinter mir etwas bewegte, direkt hinter meinem Rücken – so in etwa, wie eine Gazelle einen hungrigen Leoparden wahrnehmen würde.

Ich versuchte, mich umzudrehen, schaffte es aber nicht mehr. Gazellen werden wissen, was ich meine.

Dann kam der Schlag auf den Hinterkopf, als ob etwas zersplitterte.

Und dann bemerkte ich nichts mehr.

»Hier«, dröhnte eine Stimme, die klang, als käme sie direkt aus einer riesigen quadrofonen Anlage. »Trink!«

Ich trank gehorsam, schmeckte Whisky, öffnete die Augen und sah mich verwirrt um.

Ich war wieder im *Flamingo Club*, ausgestreckt auf einem Sofa. Mein Freund, der Barkeeper, reichte mir ein Glas. Er hatte sich mit einem besorgten Gesichtsausdruck über mich gebeugt, und um ihn herum stand ein ganzer Kreis von Menschen und schaute aufmerksam zu. Ich hatte ja keine Ahnung, dass ich so populär in Jütland war. Ich war wirklich auf meinem *lit de parade*, abgesehen davon, dass ich nicht tot war. Ein hoffentlich verzeihlicher taktischer Fehler.

Es hämmerte in meinem Kopf. Jemand hörte nicht auf, Nägel in die Schädeldecke zu schlagen. Siebenzollnägel, schätzte ich.

»Was ist passiert?«, fragte ich mit dicker, belegter Stimme. Sie klang total verkehrt – als ob jemand anders sprechen würde, noch zu allem Überfluss einer, der die verdammte Frechheit besaß, aus meinem eigenen Kopf zu sprechen, wie auch immer er dort hineingekommen sein mochte.

»Er hat dich niedergeschlagen«, sagte der Barkeeper. »Direkt hinter der Ecke. Mit irgendetwas, das er in seiner Tasche hatte. Ich konnte nicht sehen, was es war. Du bist mit dem Kopf auf die Pflastersteine geknallt.«

Ich ließ meine flinken Finger einen schnellen Kontrollgang über meinen Kopf absolvieren. Ich hatte geronnenes Blut und Hautfetzen unter den Nägeln, als ich sie wieder zurückzog.

»Dann habe ich dich zusammen mit ein paar von den Jungs hier hereingeschleppt und die Polizei angerufen – sie kommen sofort.«

»Und wie lange war ich weggetreten?«

»Höchstens eine knappe halbe Stunde.«

»Da bin ich ja gut davongekommen.«

»Das hat der Arzt auch gesagt. Er meinte, dass du einen stabileren Kopf hättest, als man bei einem Kopenhagener erwarten könnte. Er sagte auch, dass du keinen mehr hättest, wenn es noch ein paar Hiebe mehr geworden wären.«

»Wer weiß, warum sie mir erspart geblieben sind – wenn sie nun schon einmal damit angefangen hatten ...«

»Es waren nicht sie, es war er allein. Und es lag daran, dass ich dir hinterhergelaufen war und es sah und laut gebrüllt habe, worauf das ganze Wirthaus auf die Straße gestürzt kam. Er war sofort verschwunden.«

»Warum hast du das getan? Hatte ich nicht bezahlt?«

»Doch. Aber ich hatte vergessen, dir zu erzählen – wo du den Kerl doch so gern getroffen hättest –, dass er einen Schlüssel vom Hotel *Schaumburg* dabeihatte. Er war ihm aus der Tasche gefallen, als er hereinkam. Er hob ihn wieder auf und verbarg ihn in seiner Hand – und sah so sauer aus, als ob es ein Staatsgeheimnis gewesen wäre. Ich kenne diese Schlüssel. Ich sehe sie schon seit Jahren.«

»Verstehe. Hast du ein paar Kopfschmerztabletten?«

»Kommt – und hier kommt auch die Polizei. Es kommt – alles zusammen.«

Zwei Minuten später saß ich an einem Tisch mit einer Kanne schwarzem Kaffee und einer halbvollen Schachtel Kopfschmerztabletten – zusammen mit zwei örtlichen Polizisten und, zu meiner großen Erleichterung, Polizeiinspektor Ehlers vom Halmtorvet.

»Hatte ich dir nicht gesagt, dass du vorsichtig sein sollst?«, fragte Ehlers.

»Doch«, gab ich zu. »Aber du hattest nichts davon erwähnt, dass ich mich nicht auf offener Straße bewegen dürfte.«

»Er hat dich wiedererkannt«, sagte der Polizeiinspektor sachkundig. »Und dann wurde er paranoid. Weiß der Teufel, warum. Er hat dich für einen Polizeispitzel gehalten.«

»Eine allzu große Ehre.«

»Jedenfalls für einen Zeitungsschmierer. Na, komm jetzt – wenn du überhaupt aufstehen kannst?«

Ich stand auf. Es wummerte dumpf im Kopf, und ich stand etwas unsicher auf meinen Beinen, aber beides hatte ich auch schon früher mal ausprobiert.

»O.k.«, antwortete ich. »Checkpoint Charlie und S.N.A.F.U. und das ganze Zeug. Wo geht es hin?«

»Zum Hotel *Schaumburg* natürlich«, antwortete Ehlers.

Das Hotel war bereits hübsch bewacht, als wir ankamen. Zwei Polizisten standen davor, während vereinzelte schaulustige Anwohner ihre Fernsehnachrichten verlassen hatten – oder ihr Fernseh-Bingo oder was auch immer der Normaldäne zu diesem Zeitpunkt verlässt, meine Uhr war kaputtgegangen –, um zu sehen, ob vielleicht etwas passierte.

Einfach nur irgendetwas.

»Wir wissen von nichts«, sagte der Rezeptionist einfach. »Er hat sich heute Nachmittag unter dem Namen Rizzo hier einquartiert und anschließend das Hotel gleich wieder verlassen …«

»Wann?«

»Ich habe nicht auf die Uhr gesehen … So circa um vier, fünf Uhr herum.«

»War er allein?«

»Ja.«

»Ist er wiedergekommen?«

»Nicht, soweit ich es gesehen habe.«

»Sind Sie nicht die ganze Zeit hier?«

»Manchmal gehe ich in das Hinterzimmer. Dann kann man mich mit dieser Glocke hier rufen.«

Er demonstrierte ihre Funktion, als wäre sie das achte Weltwunder.

»Gepäck?«

»Ein Koffer.«

»Schau dir das Zimmer an«, sagte Ehlers zu einem der örtlichen Polizisten.

Er war schnell wieder zurück und zeigte seine leeren, ausgebreiteten Hände.

»Jetzt hör aber mal«, sagte einer der Holstebro-Beamten an Ehlers gewandt. »Wir wissen immer noch nicht so richtig, was das alles hier soll, und …«

»Wenn ich es selber nur wüsste«, seufzte Ehlers. »Aber zusammengefasst geht es darum: Drei Menschen reisen gemeinsam von Kopenhagen nach Aalborg, und wenn einer von ihnen in Aalborg erschossen wird und ein anderer mit dem Zug weiter nach Holstebro reist, wo er panisch genug reagiert, um einen Mann niederzuschlagen, der ihn und die beiden anderen Personen in Aalborg gesehen hat, und wenn der Gesuchte ein bekannter Gangster ist, dann …«

»Wir sind solche Dinge hier nicht so gewohnt«, sagte der Beamte.

»Das geht schnell«, antwortete Ehlers. »In Kopenhagen versuchen sie so viel herauszufinden, wie sie können. In der Zwischenzeit müsst ihr nach ihm fahnden. Er kann nicht so verdammt weit gekommen sein. Schickt alle Leute los, die ihr entbehren könnt, und vergesst nicht, ihnen Kopien von dem Bild zu geben, das ich mitgebracht habe!«

Sie nickten. Wir gingen.

»Haltet Wache«, sagte Ehlers zum Abschied. »Vielleicht kommt er zurück.«

»Um den verschwundenen Koffer zu holen?«, fragte ich sarkastisch.

»Oder etwas anderes«, antwortete Ehlers. »Man weiß ja nie, oder?«

Da musste ich ihm beipflichten. Jedenfalls kommt es sehr selten vor, dass man sich wirklich sicher sein kann.

Auch Ehlers hatte sich im Hotel *Bel Air* einquartiert, also gingen wir gemeinsam durch die Fußgängerzone zurück, passierten die Wildschwein-Plastik, überquerten den Fluss und betraten das Restaurant *Laksen* direkt gegenüber dem Hotel, um endlich den Happen zu essen, von dem ich bereits fantasiert hatte, bevor ich niedergeschlagen worden war.

Wir hatten gerade einen Teller Suppe bestellt, als das Telefon klingelte. Es war für Ehlers.

Als er wiederkam, rieb er sich gut gelaunt die Hände.

»Kannst du dich an das *Top Cat* erinnern?«, fragte er.

Natürlich konnte ich das. Das *Top Cat* war eine der schlimmsten Kaschemmen von Vesterbro, eine ebenso fantasievolle wie geschmacklose Kombination aus Bar, Nachtklub, Drogenzentrale, Spielhölle und Bordell. Ein bisschen was für jeden Geschmack, wie man so schön sagt. Ein so genanntes »Vergnügungslokal«.

»Alle drei sind heute Morgen abgehauen«, erklärte Ehlers. »Mit allem, was sie zusammenkratzen konnten. Oder zumindest sieht es so aus. Pogliesi hatte dort Verbindungen – als wachhabender Gorilla. Fischer auch – als Kassenwart.«

»Was haben sie mitgenommen?«

»Den gesamten Umsatz einer Woche – außerdem die Kasse und diverse Naturalien.«

»Was bedeutet das in kalten Zahlen?«

»Damit wollte der Besitzer ungern herausrücken. Das tun sie nie bei dieser Art von Geschäften. Du weißt doch, dass es schwarzes Geld und weißes Geld gibt, nicht wahr? Und was an der Bar umgesetzt wird, ist natürlich weißes

Geld, und das wird sorgfältig gezählt und buchhalterisch dokumentiert, um die Fassade aufrechtzuerhalten – aber das andere … die Glücksspieleinnahmen beispielsweise … oder das Drogengeld … Kannst du dir vorstellen, dass der Besitzer sagt, er hätte für 200 000 Kronen Kokain umgesetzt? Oder die Bank hätte im Laufe der Nacht 100 000 gewonnen und dazu wären noch 300 000 vom letzten illegalen Spiel übrig?«

»Nein.«

»Ich auch nicht und ebenso wenig der Besitzer. Er wollte versuchen, es auszurechnen – später. Er hätte im Augenblick so viel anderes zu tun, sagte er meinen Mitarbeitern. Geht es dir wieder besser?«

»Nicht besonders.«

»Du solltest zurück ins Hotel gehen, wenn wir gegessen haben, ein Bad nehmen und ein bisschen schlafen – während wir anderen nach Pogliesi fahnden.«

»Wenn ich mich auf ein Hotelbett lege, schießt sofort irgendjemand durch das Fenster. In diesem Punkt habe ich gewisse Erfahrungen gemacht.«

»Dann schieb das Bett woandershin. Oder nimm ein anderes Zimmer. Und vergiss nicht, das Licht auszumachen!«

»Wie erbaulich du wieder bist.«

»Ich? Das ist noch gar nichts. Sieh dir mal an, wie erbaulich dieser Fisch ist!«

Es war eine sautierte Seezunge – in Butter, mit Pilzen. Er hatte recht. Sie war wirklich sehr erbaulich.

Die Erbaulichkeiten wollten gar kein Ende nehmen – ausnahmsweise einmal. Nach einem Bad und einer Generalreinigung fühlte ich mich sehr viel besser – gut genug, um beispielsweise beim *Bladet* anzurufen und einen bescheidenen Bericht über meine spannenden Abenteuer des vergangenen Tages abzuliefern.

Danach bekam ich Chefredakteur Otzen ans Telefon.

»Glänzend!«, sagte er herzlich. »Was habe ich deiner Frau gesagt? Der Ausflug wird dir guttun!«

»War das etwa so gemeint?«

»Nicht ganz, aber ich freue mich, dass du es überlebt hast – als Zeitungsmann, meine ich. Es wäre verdammt schwer geworden, etwas Nettes für deinen Nachruf zu finden, aber da wir nicht darum herumgekommen wären, hätten wir etwas erfinden müssen.«

Ich seufzte und legte den Hörer auf.

Otzen rief einen Augenblick später zurück und erwähnte noch, dass ich bloß daran denken sollte, sofort anzurufen, wenn sich im Laufe der Nacht noch etwas tun würde.

Ich knurrte, dass ich freihätte und knallte den Hörer auf die Gabel. Man kann ihn nicht immer nur hinlegen.

Es nützte nichts. Er wusste, dass ich anrufen würde, und ich wusste es genauso gut, und noch dazu, dass er es wusste. Ein Job ist ein Job, und hin und wieder auch ein bisschen mehr.

Gitte war mittlerweile ein bisschen milder gestimmt. Frauen bekommen immer einen sanfteren Tonfall, wenn ihre Männer niedergeschlagen werden. Als würden sie denken: Ja, aber was wäre, wenn …

Doch, in Aalborg komme sie voran. Ach, Ehlers sei hier. Ja, ja. Das sei ja gut zu wissen. Sie warte darauf, mehr von mir zu hören.

Ich sagte, dass sie das werde.

Langsam begann das Hotelzimmer ein bisschen zu klein und ein bisschen zu eckig zu werden – und vielleicht, glaube ich, auch wenn ich mich nur ungern dem Verdacht aussetze, paranoid zu sein, ein bisschen zu leicht durch das Fenster zu beschießen.

Es war mittlerweile fast Mitternacht, und es war ein langer Tag gewesen. Wenn sich ansonsten nichts mehr tat, wäre eine Portion frischer Luft – so frisch jedenfalls, wie man sie in dieser Gegend bekommen konnte, da gibt es ja große Unterschiede – eine ganz passende Art, den Tag abzurunden und abzuschließen.

Ich überquerte den Platz und ging in die nächstgelegene Bar, *River Saloon*, wo ein Dutzend anscheinend ganz normaler, friedlicher Menschen Bier tranken, knobelten und sich auf eine äußerst beruhigende Weise miteinander unterhielten.

Nach zwei Bier fühlte ich mich sehr viel besser – gut genug, um den Touristen zu spielen, wo ich doch schon einmal in der Stadt war. Ich ging hinaus und passierte auf dem weiteren Weg meinen Freund, das Wildschwein.

Trotz der Dunkelheit sah ich, dass sich die Statue anscheinend verändert hatte. Sie hatte eine völlig andere Form. Das Wildschein hatte Frischlinge bekommen.

Nein, nur einen – einen Frischling, der mit blutendem Haupt zwischen den Vorderläufen des Tieres lag und dessen eigene Beine sich vom Fundament auf die Straße hinaus spreizten.

Ein menschlicher Frischling – genannt wahlweise Pogliesi, Zebbug oder Rizzo.

5

Dieses Mal war ich vernünftig. Artig kehrte ich zum *River Saloon* zurück und rief die Polizei an, wie es die Pflicht eines gesetzestreuen Bürgers ist. Ich bedauerte, dass ich sie zu dieser nachtschlafenden Zeit behelligen müsse, aber es liege – soweit ich die Situation überschauen könne – ein toter Mann in der Fußgängerzone, und das sei eine ziemliche Sauerei, die auf längere Sicht vielleicht dem allgemeinen Ansehen der Stadt und ihrer Beliebtheit als Ausflugsziel schaden könne.

Das sahen sie ein. Sie seien schon auf dem Weg.

Sie waren schon da, als ich zurückkehrte. Sie hatten Ehlers mitgebracht, und anscheinend hatte er bereits – wie aufgrund irgendeiner stillen Übereinkunft – vollständig das Kommando übernommen.

Er beugte sich hinab und musterte Pogliesi genauer.

»Erschossen«, stellte er lakonisch fest. »Es macht bald keinen Spaß mehr, Bulle zu sein, wenn die Verbrecher selbst schon die ganze Arbeit erledigen.«

»Nein, es ist die reinste Streikbrecherei. Langsam sieht es aus wie die Geschichte mit den zehn kleinen Negerlein, was?«, antwortete ich. »Du weißt schon, dieses Kinderlied, wo es mit jeder Strophe einer weniger wird …«

»Tja«, brummelte er und zog seine Pfeife aus der Tasche. »Wenn man mit drei anfängt und nicht mit zehn, wie du sagst, dann dauert es ja nicht mehr so lange. Das ist ja immerhin schon was. Drei minus zwei ist eins, wenn ich mich richtig erinnere.«

Mittlerweile war der *River Saloon* leer geworden. Sogar der Barkeeper musste sich für eine Weile von seinem Tresen verabschieden, um die neueste Attraktion der Stadt zu bewundern – solange es sie gab.

Das war nicht besonders lange. Sie wurde in einem Krankenwagen abtransportiert.

»Denkst du dasselbe wie ich?«, fragte Ehlers.

»Wenn du gerade überlegst, wo die Frau wohl abgeblieben ist – dann ja.«

»Genau. Ein Glück, dass ich auch ein Bild von ihr mitgebracht habe. Das wird uns die Arbeit ganz erheblich erleichtern.«

Er wandte sich an einen der örtlichen Polizisten.

»Bendtsen«, sagte er. »Dieser Kerl ist noch nicht lange tot. Auf welche Weise würde ein vernünftiger Mörder fliehen? Aus der Stadt, meine ich.«

»In einem Auto«, antwortete Bendtsen sofort, mit vor Verwunderung aufgesperrten Augen ob dieser himmelschreiend naiven Kopenhagener Frage. »Der letzte Zug ist doch schon weg.«

»Kann man zu diesem Zeitpunkt in Holstebro ein Auto leihen?«

»Nein. Aber man kann eins klauen – oder ein Taxi nehmen.«

»Habt ihr viele Taxi-Betriebe?«

»Nein, nicht so viele. Soll ich …«

»Dafür wäre ich sehr dankbar.«

Fünf Minuten später kam Bendtsen zurück und meldete, dass Holstebro Taxi vor etwa zwanzig Minuten eine junge Dame gefahren hatte, die der Beschreibung entsprach. Sie war mit Wagen 8 unterwegs gewesen, und sie hatte gesagt, dass sie nach Herning wolle.

»Es muss ja nicht unbedingt sie gewesen sein«, sagte Ehlers mit einleuchtender Logik.

»Dieses Land ist proppenvoll mit dreißigjährigen Blondinen«, räumte ich ein. »Es gibt sie überall. Man stiefelt ununterbrochen zwischen ihnen herum. Für so etwas sollte es gesetzliche Quoten geben.«

»Aber auf der anderen Seite …«, fuhr Ehlers fort.

»Tja«, sagte ich. »Hast du nicht auch Lust auf einen kleinen nächtlichen Ausflug nach Herning? Dort soll es so schön sein.«

»Wir ergreifen die Chance.«

»Ich komme mit«, sagte Bendtsen entschlossen.

Zum ersten Mal schaute ich ihn mir richtig an. Er war ein großer, solider, starker Jütländer. Er sah aus, als könnte er ein paar Pferde auf den Schultern tragen. Er sah aus wie ein Mann, in dessen Gesellschaft man sich sicher fühlen kann, selbst wenn man eine Frau verfolgt, die allem Anschein nach eine gewisse Übung im Gebrauch von Schusswaffen hat.

Und wenn nichts anderes mehr half, dann war er wenigstens groß genug, dass man – zumindest ich – sich hinter ihm verstecken konnte.

»Besorg einen Streifenwagen«, sagte Ehlers. »Ich muss erst noch ein paar Dinge holen. Wir treffen uns in fünf Minuten vor dem Hotel.«

Bendtsen nickte stumm. *Action Speaks Louder Than Words*, wie ein ziemlich guter Reggae-Song sagte und gelegentlich wohl immer noch sagt.

Wir kehrten ins Hotel zurück und holten unsere jeweiligen Taschen.

Morgen musste das Blut vom Wildschwein abgespritzt werden.

Und morgen musste ich zusehen, dass ich ein bisschen Schlaf bekam. In irgendeinem dritten Hotelzimmer.

Eines der Dinge, die Ehlers holen wollte, war seine Dienstpistole. Er tätschelte sie liebevoll durch die Jackentasche hindurch, während wir zum Auto gingen.

Bendtsen saß hinter dem Steuer bereit, und das blaue Blinklicht kreiselte. Ehlers setzte sich nach vorne, ich nach hinten. Ich kenne meinen Platz in dieser Welt.

»Wie weit ist es?«, fragte er.

»Knappe vierzig Kilometer«, antwortete Bendtsen. »Zwanzig Minuten – vielleicht eine Viertelstunde zu dieser Zeit.«

»Gut«, sagte Ehlers. »Fahr wie der …«

Falls er noch mehr gesagt hatte, dann war es im Motorenlärm untergegangen. Bendtsen antwortete nicht. Er fuhr wie der …

Unter anderen Umständen, dachte ich, während ich einsam auf meiner Rückbank saß, könnte es sicherlich ein ganz vergnügliches Erlebnis sein, so zur Nacht durch die jütländische Landschaft zu fahren. Unter anderen Umständen, wenn man beispielsweise die Gelegenheit hätte, die Natur ein wenig zu betrachten, die Wälder, die Felder, die Bauernhöfe, die Kühe, die Hühner – und was einem in einer solchen Gegend sonst noch alles zur Betrachtung geboten wird.

Aber das musste warten. Bendtsen schien für die Rallye

Monte Carlo zu trainieren, oder vielleicht fuhr er eher so, als hätte er sie schon oft genug gewonnen und wäre mittlerweile nur noch darauf aus, seinen persönlichen Rekord zu verbessern.

Eine vorüberfliegende Andeutung eines Straßenschildes sagte »Avlum«, und genau in diesem Augenblick bremste der Wagen so abrupt, dass ich mit dem Kopf gegen den Vordersitz knallte.

»Was ist?«, fragte Ehlers.

»Das Taxi«, antwortete Bendtsen.

Wir erreichten es nach weiteren hundert Metern.

Es fuhr pflichtschuldigst an den Straßenrand, indem es diszipliniert unserer Hupe gehorchte. Der Chauffeur stieg aus.

Auch Bendtsen stieg aus, gefolgt von Ehlers, und sagte ruhig: »Guten Abend, Torben.«

»Guten Abend, Finn. Was ist los? Willst du meine Bremsen kontrollieren? Oder das Taxameter? Glaubst du, ich fahre schwarz?«

»Nichts dergleichen, Torben. Es geht um den Fahrgast, den du nach Herning gebracht hast.«

»Bist du scharf auf sie? Das kann ich gut verstehen.«

Der Chauffeur lachte gluckernd. In der verrückten Mischung aus tiefster Finsternis und blendenden Lichtkegeln konnte ich ihn nicht sehen, aber er klang wie ein gemütlicher Kollege, mit dem man bei Gelegenheit gern einmal ein Bier trinken könnte, ohne befürchten zu müssen, er ginge einem auf die Nerven.

»Nach ihr wird gefahndet.«

»Nach ihr?«

»Vielleicht – wenn sie es ist. Komm mal mit ins Licht.«

Das Bild wurde gezeigt. Der Chauffeur pfiff kurz.

»Ja. Das ist sie.«

»Bist du sicher?«

»Ja.«

»Wo hast du sie abgesetzt?«

»In Herning.«

»Wo in Herning, verdammt?! Wir haben es eilig.«

»Seit wann bist du so hektisch, Finn?«

»Seit ich auf der Jagd nach einer Mörderin bin.«

»Sie?«

»Na ja, jedenfalls verdächtig. Das ist Polizeiinspektor Ehlers aus Kopenhagen – wir bearbeiten den Fall gemeinsam. Torben Carlsen – Fahrer, einer meiner Nachbarn. Ist uns oft eine Hilfe – auch bei der Polizeiarbeit. Chauffeure sehen ja so einiges.«

»Ja«, sagte Ehlers. »Das ist wohl so. Aber wir haben es eilig. Wo ist sie eingestiegen und wo wieder ausgestiegen?«

»Sie ist am Taxistand vor dem Bahnhof eingestiegen – und sie hat darum gebeten, vor dem Hotel *Eyde* in Herning abgesetzt zu werden.«

»Hotel *Eyde*? Sind Sie da sicher?«

»Ja. Ich bin doch kein Idiot. Ich spreche zwar nicht wie ein Kopenhagener, aber Dänisch verstehe ich schon.«

»Ist ihnen etwas – äh, Besonderes – an ihr aufgefallen? Gab es irgendetwas, das Ihnen – merkwürdig vorkam?«

»Nur eine Sache – und da wir hier drei Männer sind und ein Bild von ihr haben, muss ich es wohl nicht weiter erklären, oder?«

Ehlers überhörte die Frage, um mit seinen eigenen weiterzumachen.

»Hatte sie Gepäck dabei?«

»Einen Koffer. Nicht besonders schwer. Und eine Handtasche, die sie selbst trug. Wen soll sie denn ermordet haben?«

»Einen Gangster.«

»Na ja, warum auch nicht? Was sollen wir auch mit denen? Aber das traue ich ihr ehrlich gesagt nicht zu. Sie war so, tja, so ...«

»Charmant?«, sagte Ehlers trocken. »Anziehend, könnte man vielleicht auch sagen. Bendtsen, wir müssen zum Hotel *Eyde*. Danke für Ihre Hilfe, Carlsen.«

»Ich habe zu danken. Aber ich glaube wirklich nicht ...«

»Wir werden sehen«, sagte Bendtsen. »Vielleicht ist alles nur ein Missverständnis. Das weiß man vorher nie, aber es ist unsere Pflicht, die Angelegenheit zu untersuchen. Grüße an Lilli. Und – übrigens ...«

»Ja?«

»Du solltest morgen dein rechtes Hinterrad aufpumpen lassen. Deine Kutsche läuft ein wenig unrund.«

»Da soll mich doch der ...! Stimmt. Vielen Dank. Tja, man sieht sich. Gute Nacht, Finn.«

»Gute Nacht, Torben. Sag doch bitte meiner Frau, dass ich spät nach Hause komme.«

»Klar. Ich werde Marianne gleich zu ihr schicken.«

»Vielen Dank. Gute Nacht.«

»Gute Nacht.«

Der Chauffeur blinkte zum Gruß mit dem Rücklicht

und fuhr los. Ehlers und Bendtsen stiegen wieder in den Wagen.

»Ihr kennt einander ja verdammt gut hier draußen, was?«, brummte der Polizeiinspektor.

»Ja, schon. Ist es bei euch denn nicht so?«

Ehlers Nacken streckte sich, und er schien über die Antwort nachzudenken.

»Doch, bei uns ist es natürlich auch so …«, antwortete er zögerlich. »Aber irgendwie doch anders.«

»Ja, die Kopenhagener …«, sagte Bendtsen.

Er sprach es nicht wie ein Schimpfwort aus, er klang nicht einmal höhnisch. Er sagte es auf exakt dieselbe sachliche, präzise Art, wie er wahrscheinlich auch »Hunde«, »Pferde« oder »Schmetterlinge« gesagt hätte – oder meinetwegen auch »Ford Austin« oder »Morris Mini«. Für ihn waren »Kopenhagener« eine Art wie alle anderen Arten auch.

Wir setzten unsere Fahrt fort. Die Häuser flogen mit so rasender Geschwindigkeit vorbei, dass man nichts mehr sehen konnte. Man konnte sich natürlich die Frage stellen, ob es überhaupt etwas zu sehen gab, etwas, das es wert war, die Augen weiter abzunutzen, aber eine genauere Untersuchung dieser Frage musste auf ein anderes Mal verschoben werden.

Vielleicht.

»Ist diese Dame bei Ihnen eingezogen?«, fragte Ehlers und zeigte ein weiteres Mal sein mittlerweile altgedientes Bild, in diesem Fall dem Rezeptionisten des Hotels *Eyde*.

Der Rezeptionist war ein älterer, grauhaariger Herr, der

aussah, als hätte er besser in einem Schaukelstuhl gesessen und mit den Enkeln auf den Knien seine Ruhestandspfeife geraucht, anstatt an Rezeptionen Nachtdienste zu schieben. Er betrachtete Ehlers skeptisch und fragte geradeheraus, was ihn denn das anginge.

Es war sein gutes Recht. Ehlers war in Zivil gekleidet, und Bendtsen hatte mit einem listigen Augenzwinkern gesagt, er würde sich vor dem Hintereingang aufstellen – sicherheitshalber.

Was Ehlers dazu veranlasst hatte, ihm auf die Schulter zu klopfen, und so ein Klopfen ist praktisch der höchste Gefühlsausdruck, den man Ehlers überhaupt entlocken kann. Er bedeutet Anerkennung, und das ist bei ihm eine seltene Sache.

Er legitimierte sich. Die Polizeimarke kam zum Vorschein.

»Entschuldigung«, sagte der Rezeptionist. »Das konnte ich ja nicht wissen. Es hätte ja sein können, dass Sie …«

Er ließ den Satz entschweben, weg, fort, nach draußen in die Luft, als hätte er Angst davor, was er möglicherweise hätte sagen können.

»Wohnt sie hier?«, fragte Ehlers.

»Nein«, antwortete der Grauhaarige und zog versuchsweise ein paar Haare aus seinem verblassenden Toupet, als ob es ihn genierte, dass sie etwas zu lose dort hingen. »Nein, das tut sie nicht.«

»Aber sie ist hier gewesen?«

»Sicher«, sagte er und zog noch ein paar Haare heraus. »Sie kam vor einer knappen halben Stunde mit einem Koffer hier an, also glaubte ich natürlich, dass sie ein Zimmer für die Nacht suchte – sie war sogar mit dem Taxi gekommen –, aber sie fragte nur, ob sie telefonieren könnte; also zeigte ich ihr die Telefonzelle – sie ist eigentlich nur für unsere Gäste gedacht, aber eine solche Dame …«

Das Mädel hatte offensichtlich in ganz Jütland Fans beim anderen Geschlecht gewonnen, ganz unabhängig vom Alter der Herren.

Na ja, oder wie Gitte gesagt hätte, wenn sie dabei gewesen wäre: Das ist ja auch nicht so schwer. Aus irgendeinem Grund sind Männer dazu geboren und gebaut, sich ihre kleinen Köpfchen verdrehen zu lassen, und Frauen dementsprechend so, dass sie wissen, wie man es macht. Keine unnötige Verschwendung von Ressourcen!

»Haben Sie gehört, was sie sagte?«

»Nein, Herr Polizeiinspektor. Dies ist ein Hotel – keine Abhörzentrale. Sie unterhielt sich ein paar Minuten lang, und dann kam sie wieder heraus und sagte, dass sie eigentlich vorgehabt hatte, hier zu übernachten, aber gerade Bescheid bekommen habe, dass ihre Schwester schwer erkrankt sei; sie würde also lieber sofort weiterreisen. Sie entschuldigte sich für die Umstände und bat mich, ihr ein Taxi zu rufen.«

»Und das haben Sie getan?«

»Ja, selbstverständlich. Was hätte ich denn sonst tun sollen? Für so etwas bin ich schließlich hier.«

»Wissen Sie, wo sie hinfuhr?«

»Ich kann versuchen, es herauszufinden.«

Er nahm sein Telefon und wählte die Nummer der Taxizentrale.

»Bent? Ich bin's – ja, vom *Eyde.* Dieser Wagen, den ich

bestellt hatte ... Ja, er ist gekommen. Das war vollkommen in Ordnung. Ich wollte nur fragen, ob du weißt, wo er hinfahren sollte?«

Auch ohne die Worte hören zu können, war es nicht schwer zu verstehen, dass Bents Antwort ziemlich abweisend war. Der Rhythmus ließ etwas in Richtung »Woher zum Teufel soll ich denn das wissen« vermuten.

»Fragen Sie ihn, ob er über Funk Kontakt mit dem Fahrer aufnehmen kann«, sagte Ehlers.

»Kannst du den Wagen anfunken?«

Es erklang ein protestierendes Brummen.

»Die Polizei bittet darum.«

Aus dem Hörer erklang ein tiefer Seufzer. Mehrmals piepsten und tuteten einige Knöpfe – wie sie es heutzutage immer tun, selbst wenn man nur eine Bahnfahrkarte kaufen möchte –, bevor der menschliche Atem wieder zurückkehrte.

»Lassen Sie mich mit ihm sprechen«, sagte Ehlers.

Er nahm den Hörer und stellte sich mit der salbungsvollsten offiziellen Stimme vor, die er aufbringen konnte.

»Soso«, sagte er. »Danke. Nein – sagen Sie ihm nichts davon. Lassen Sie ihn einfach nur fahren.«

Dann legte er den Hörer auf, starrte für einen Augenblick ins Leere, ging zu Bendtsen hinaus und schickte ihn für eine Weile in die Telefonzelle, bevor wir weiterfuhren.

»Sie ist auf dem Weg nach Vejle«, setzte Ehlers mich freundlicherweise ins Bild, als wir abfuhren. »Wir fahren ihr nach. Und Bendtsen hat die Polizei in Vejle alarmiert.«

»Ja«, sagte Bendtsen. »Sie halten Ausschau. Und sie kennen das Terrain.«

Danach wurde nichts mehr geredet in unserem Streifenwagen. Das Rennen durch die stille jütländische Nacht ging weiter.

6

Es sollte sich zeigen, dass die Polizei in Vejle wirklich gewissenhaft Ausschau gehalten hatte.

Von Herning sind es etwa 65 Kilometer nach Vejle – hat man mir erzählt, es ist schon so lange her, dass ich die Distanz selbst vermessen habe –, und es geschah nach etwa vierzig.

Die hatten wir in einer Stille zurückgelegt, die ebenso tief war wie die der Landschaft, die uns umgab. Alles wirkte tot. Nur hin und wieder schleppte sich uns ein Lastwagen entgegen, schwer beladen mit Milch, Fleisch, Parfum, Bier, Obst oder was auch immer es sein mochte – alles, was eine so genannte zivilisierte Welt nun einmal von Stadt zu Stadt transportieren muss, sogar in der Nacht. Ein paarmal begegneten uns sogar späte private Automobile, von denen eines bedenklich schlingerte.

Die beiden Bullen auf den Vordersitzen sahen es, sahen einander an und tauschten irgendein internes geheimes, gemeinsames Logenbruder-Zeichen aus, das vom Rücksitz aus gesehen bedeuten mochte: Jetzt sammeln wir Kokosnüsse, die Peanuts müssen warten.

Wir waren auf der Höhe von Billund, und ich schaute

gerade neidisch einem Flugtaxi hinterher, das in diesem Augenblick abhob, wahrscheinlich auf dem Weg nach Kopenhagen, als die Hölle ausbrach, wie es in amerikanischen B-Filmen heißt.

Zwischen Billund und Bredsten, kurz vor Vejle, liegt ein Waldgebiet namens Gødding. Die Hauptstraße führt direkt hindurch – normalerweise. Aber ausgerechnet heute Nacht war sie gesperrt.

Es war ein seltsamer Anblick in der Dunkelheit – obgleich wir es zuerst hörten und dann erst sahen.

Was wir hörten, waren quietschende Bremsen, und selbst taten wir – gerade deshalb – das genaue Gegenteil. Wir beschleunigten.

Und begegneten einer ganzen Party.

Zwei Streifenwagen blockierten keilförmig aufgestellt die Straße.

Vor ihnen hielt ein Taxi mit einem Chauffeur und zwei Fahrgästen.

Keines der drei Autos schien irgendwie die Absicht zu haben, sich jemals wieder zu bewegen.

Und hier kamen wir von hinten und blockierten die Straße noch mehr.

Von oben muss es lächerlich ausgesehen haben, mit all den gleichzeitig leuchtenden Scheinwerfern. Wenn man der liebe Gott wäre – oder einfach nur irgendein untergeordneter Engelssklave, der in der Küche aushalf und gelegentliche Botengänge in der entsprechenden Höhe erledigte – musste es so aussehen, als ob diese armen Würstchen nicht einmal in der Lage wären, aneinander vorbeizukommen.

Aber es stand mehr auf dem Spiel. Es war nicht einfach nur eine Frage der Vorfahrtsregelung in der Straßenverkehrsordnung.

Bendtsen nahm sein Funkgerät und stellte eine Verbindung zu seinen Kollegen aus Vejle her, und in null Komma nichts war mir nur noch zum Lachen zumute. Vielleicht lachte ich sogar.

Lachen? Ja, Lachen. Plötzlich erschien mir alles wie eine wahnwitzige Parodie auf alles, was man »Das Zwanzigste Jahrhundert« und »Die Moderne Technik« oder ähnlich nennt und auf das man angeblich so stolz ist. Leute sitzen in ihren jeweiligen blank geputzten Autos, vielleicht zwanzig Meter voneinander entfernt, und wenn sie miteinander reden wollen, was tun sie dann? Sie benutzen Knöpfe, Autotelefone, Polizeifunkgeräte. Technik, Technik, Technik.

Ehlers warf mir einen vorwurfsvollen Blick zu. Ich hatte gelacht.

Ich hielt meinen untechnischen, primitiven, akustischen Mund.

»Sie schießen«, sagte ein Vejle-Bulle in Bendtsens Funkgerät. »Sie haben zwei Reifen von einem unserer Wagen durchlöchert. Sie halten den Chauffeur als Geisel. Sie sind desperat.«

»Kein Wunder, wenn sie zwei Morde auf dem Gewissen haben«, sagte Ehlers.

»Sie können noch ein paar mehr schaffen«, sagte Bendtsen. »Falls nicht …«

Es folgte ein längeres Palaver. Die Vejle-Leute erzählten, wie sie versucht hatten, das Auto zu stoppen. Sie hatten zuerst – wie beordert – die Straße blockiert, und das hatte sie zwei Reifen gekostet. Danach war aus dem Wagen gerufen worden, man würde, wenn man sie nicht weiterfahren ließe, das Feuer erneut eröffnen, und es schien in diesem Zusammenhang klar zu sein, dass sie interessantere Ziele in der Nähe sahen als Autoreifen. Wenn die Beamten andererseits das Feuer auf das Taxi eröffneten, würde der Chauffeur aus Herning seine eigentlich so lukrative Tour nicht überleben.

Ehlers teilte ihnen seine Informationen mit, und dann herrschte für einige Zeit wieder Schweigen. Die Situation glich dem, was man im Schach patt nennt, nicht matt: Nämlich wenn niemand gewonnen hat, niemand am Drücker ist, niemand überhaupt irgendetwas machen kann und beide Parteien in einem gegenseitigen Würgegriff festsitzen.

Ehlers starrte Bendtsen an. Bendtsen starrte zurück auf Ehlers. Ich begnügte mich damit, ihre vereinigten Nacken zu betrachten.

Ich hatte keine Lösung parat.

Die Vejle-Leute auch nicht, wie sie zugeben mussten.

Wenn nicht irgendetwas geschah, könnten wir noch die ganze Nacht hier stehenbleiben.

Aber es geschah etwas. Ein riesiger Lastwagen fuhr an die beiden Streifenwagen heran und bremste, wahrscheinlich, weil er zu dieser Stunde eine freie Fahrbahn gewohnt war, erst im allerletzten Augenblick. Im hellen Licht der Autoscheinwerfer konnte man sehen, dass der Lastwagen »Danfrost« hieß.

Der Fahrer zog die Handbremse fest an und stieg aus, um zu hören, was zum Teufel das hier werden solle.

Im selben Augenblick krachte ein Schuss durch unser Fenster. Niemand wurde getroffen, allen gelang es – wie durch ein Wunder –, sich zu ducken, aber als wir uns versuchsweise wieder aufrichteten, waren nur noch zwei Personen im Taxi vor uns, und eine dunkle Gestalt verschwand im Wald.

»Ihm nach!«, brüllte Bendtsen.

Zwei der Vejle-Leute rannten ihm nach, und Bendtsen lief ihnen hinterher. Der Mann lief langsam und unsicher, aber er hatte seinen Vorsprung, und selbst wenn er absolut außerstande war, eine seriöse dänische Meisterschaft im Sprint zu gewinnen, wäre er doch schwer zu fassen, sobald er erst einmal die richtige Dunkelheit erreicht hätte.

Da folgte ein Schuss auf einen weiteren Reifen der zuvorderst stehenden Streifenwagen, und das Taxi nahm mit einem grimmig fauchenden Knurren Fahrt auf.

Es war eine Surprise-Party, und sie gelang. Der eine Streifenwagen, der zur Rechten, versuchte sich aufzurichten, drehte sich aber unweigerlich auf seinen zwei platten Reifen im Kreis herum. Die drei Bullen auf dem Weg zum Wald drehten sich gleichzeitig um und schauten, was passiert war, womit sie dem fliehenden Mann genau den Extra-Vorsprung gaben, den er benötigte.

Und während der LKW-Fahrer nach wie vor mit dem Streifenwagen zur Linken debattierte, schoss das Taxi zwischen dem Lastwagen und dem auf seiner andauernden Karussellfahrt kreiselnden rechten Polizeiwagen hindurch.

Innerhalb von Sekunden schob sich Ehlers auf Bendtsens Platz hinter dem Steuer und verfolgte das Taxi. Der andere Streifenwagen konnte wegen des Lastwagens nicht von der Stelle kommen.

Ein Schuss aus dem Taxi durchlöcherte einen unserer Vorderreifen. Ehlers schlingerte mit dem Streifenwagen, konnte aber trotzdem, während er das Steuer mit der linken Hand hielt, mit seiner rechten Hand in die Tasche nach seiner Pistole greifen.

Er schoss zwei Mal, durch die Windschutzscheibe hindurch, und traf beide Male die Hinterreifen des Taxis. Morgen kamen jede Menge Überstunden auf eine Automobilwerkstatt in Vejle zu.

Jetzt war das Taxi mit Schlingern an der Reihe. Das erledigte es ziemlich anonym und diskret, ohne einen Laut, aber äußerst effektiv. Es drehte sich, überschlug sich und landete in einem Graben am Rande der Straße – höchst unelegant, mit dem Unterboden nach oben.

Ehlers atmete durch.

Fast nervtötend langsam und vorsichtig fuhr er ein Dutzend Meter weiter die Straße entlang, bis er auf gleicher Höhe wie das Taxi auf der anderen Straßenseite anhielt.

»Wir warten«, sagte er. »Mit brennendem Licht.«

Wir warteten.

Das Licht zeigte nichts. Nichts anderes, als dass niemand versuchte, aus dem Taxi zu entkommen. Vielleicht konnte keiner.

Ich hatte gerade eine Zigarette geraucht, als schon der erste Streifenwagen angefahren kam, genauso langsam und vorsichtig, wie wir es getan hatten. Er hielt direkt hinter uns, alle stiegen aus, und es wurde eine kurze Konferenz abgehalten.

»Wer ist in den Wald abgehauen?«, fragte Ehlers.

»Der Chauffeur«, antwortete einer der Bullen. Er hatte ein Stück Kaugummi im Mund und bearbeitete es mit demselben Eifer wie ich meine mittlerweile zweite Zigarette. Die Menschen müssen offenbar immer etwas mit dem Mund machen, wenn sie nervös sind. Sie fangen schon als Babys mit dem Schnuller an, und so geht es weiter. Nur die Objekte ändern sich.

»Er hatte die Wahl, sich erschießen zu lassen oder wegzulaufen«, fuhr der Bulle fort. »Er entschied sich dafür, es mit Abhauen zu versuchen. Er rechnete damit, dass sie ihn früher oder später sowieso erschießen würden.«

»Das war ja auch nicht ganz unwahrscheinlich«, brummte Ehlers. »Und wie ist der andere Mann ins Bild gekommen?«

»Er stand in Billund und wartete. Die Frau sagte, er wäre ihr Bruder und er hätte ohnehin denselben Weg. Sie wollten nach Hause, um ihre kranke Schwester zu besuchen.«

»Sie bleibt bei ihrer Geschichte«, warf ich ein.

»Das wirkt alles verdammt gut geplant«, sagte Ehlers. »Kommen die anderen auch noch?«

»Sie sind jeden Augenblick da. Sie haben auch den Chauffeur dabei.«

»Er ist wahrscheinlich unschuldig?«

»Ich glaube schon. Er zittert immer noch.«

»Da ist er nicht der Einzige.«

Als der andere Streifenwagen eintraf, stiegen wir alle gemeinsam, wie Grundschüler im Gänsemarsch, zum Taxi im Straßengraben hinunter.

Das Resultat war sehr überschaubar: 1:1, unentschieden. Die Frau war tot – sie hatte sich schlicht und einfach das Genick gebrochen. Der Mann war nur bewusstlos. Es war ein großer, dünner Mann, der eine gewisse Ähnlichkeit mit dem verstorbenen Fischer besaß – aber offensichtlich mehr Glück hatte.

Die Polizisten warteten mit disziplinierter Geduld und in strammer Haltung diverse Krankenwagen und Ärzte ab, bis auf einen Kollegen, der mich freundlicherweise – auf Ehlers' Vorschlag – nach Vejle hineinfuhr, wo ich mir im Hotel *Scandic* das dritte Hotelbett des Tages reservierte und umgehend in einen tiefen – wenn auch alles andere als traumlosen – Schlaf fiel.

Ich konnte es mir leisten. Es war ohnehin zu spät, um beim *Bladet* anzurufen.

»Ja«, sagte Ehlers am nächsten Vormittag, als wir beide mit unserer Kaffeetasse in der Hand im Hotel saßen und einander anschauten, ich einen Hauch ausgeschlafener als er. »Ja, dann haben wir alles so einigermaßen auf die Reihe gebracht. Das hat auch den größten Teil der Nacht gedauert.«

Er gähnte und kratzte sich am Bart.

»Erzähl«, sagte ich.

»Du hast noch Zeit bis zum Redaktionsschluss – jetzt wieder.«

»Ja, jetzt aber raus mit der Sprache. Ich habe Urlaub, weißt du? Worum zum Teufel ging es da überhaupt?«

»Louise Fischer – also die ehemalige Frau Fischer, die ihren Namen behalten hat – war eine geniale Strategin, ganz abgesehen davon, was sie ansonsten noch gewesen sein mochte. Sie und ihr ehemaliger Mann – ich weiß nicht, wie ehemalig er wirklich war, aber es geht mich wohl auch nichts an – haben gemeinsam den Coup im *Top Cat* geplant, wo sie auch gearbeitet hat. Sie wollten schlicht und einfach mit der Kasse abhauen, was verhältnismäßig unkompliziert war – und dann wollten sie, das war ihr Plan, Pogliesi mit in den Coup hineinziehen, ausschließlich, um einen offensichtlichen Sündenbock präsentieren zu können.«

»Ja, aber er ...«

»Hatte sich in sie verliebt – ich habe irgendwie so eine schwache Ahnung, dass sie ziemlich gut darin war, Männer zu bezirzen. Sie hatte ihm gesagt, er solle Fischer erschießen, sobald sie aus Kopenhagen abgehauen waren, damit sie sich beide allein davonmachen konnten – mit der Kasse. Der arme, dumme Pogliesi glaubte, das große Los gezogen zu haben. Er muss im siebten Himmel geschwebt haben, als sie Fischer in Aalborg erschossen.

Weißt du, wie sie es getan haben? Ein feiner Trick. Wirklich professionell. Sie gehen in ihre Hotelzimmer, das Paar auf sein Zimmer im *Park*, er auf das andere im *Hafnia*, und dann verabreden sie – sie und Pogliesi –, dass Fischer zu einer bestimmten Zeit am Fenster stehen wird. Und gerade zu diesem Zeitpunkt sagt sie ihrem Mann, dass sie eine Überraschung für ihn hat und dass er sich umdrehen solle.

Und was kann er schon ahnen? Vielleicht flirtet sie mit ihm. Vielleicht ist es ein Spiel, das sie immer spielen, und sie zieht sich hinter seinem Rücken aus – sie könnte der Typ für so etwas sein. Vielleicht hat sie auch einfach nur ein Geschenk. Er erwartet jedenfalls nichts von dem Kaliber, das sie für ihn geplant hat. Er erwartet nicht, von einem professionellen Gangster und Meisterschützen erschossen zu werden, der auf zwanzig Meter eine Fliege treffen kann.

Dann treffen sie sich wieder in Holstebro – Pogliesi mit dem Koffer, den sie ihm gerade übergeben hat, sicherheitshalber, damit er nicht das Vertrauen zu ihr verliert. Sie fragt ihn – nur als Beispiel –, ob er auch daran gedacht habe, die Fingerabdrücke auf der Pistole zu entfernen, und zieht wie zum Scherz ein Taschentuch aus der Tasche. Er ist ganz gerührt ob ihrer Fürsorge und gibt ihr die Pistole, vielleicht mit der Ermahnung, sie solle bloß auf ihre süßen, kleinen Finger achtgeben, die Pistole sei nämlich geladen – und schon ist er aus dem Weg geschafft, und sie hat das Geld für sich allein. Es war im Auto. Es war eine Million – dazu noch Drogen und ein paar interessante Schmuckstücke.

Und jetzt? Erst jetzt zeigt sich, was für eine Strategin sie war. Wenn sie im Zweiten Weltkrieg auf der Seite der Alliierten gestanden hätte, hätte er nur halb so lange gedauert ... Sie hat sich mit einem Mann in Billund verabredet. Er ist derjenige, mit dem sie weiterreisen möchte. Mit ihm und dem Geld. Sie wollen einfach über die Grenze nach Deutschland und dann den nächsten Flug nehmen. Und weißt du, wer er ist? Richtig geraten – Fischers kleiner Bruder.«

Ehlers legte eine Pause ein und zog seine Pfeife hervor. Ich holte so lange Kaffee für uns beide, mehr Kaffee. Es gibt Tage, da braucht man mehr Kaffee als an anderen Tagen. Dieser gehörte dazu. Er war einer der Tage, an denen man anscheinend nie aufwachen würde, und wenn es doch passierte, hatte man Angst davor, die Welt zu sehen, in der man aufgewacht war.

»Ich bin froh, dass sie nicht meine Frau war«, sagte Ehlers.

»Aber woher weißt du das alles?«, fragte ich.

»Fischer der Zweite«, antwortete Ehlers. »Ein lächerlicher Schlappschwanz. Er hat noch nicht einmal geschossen. Er gab ihr umgehend die ganze Ehre für sämtliche Initiativen. Er brach vollständig zusammen. Er sei einfach von ihr verführt worden. Er habe ihren Plan gekannt, aber nie geglaubt, dass sie ihn ernsthaft in die Tat umsetzen würde. Er habe nur gewartet. Er sei verliebt gewesen und ihr verfallen und geradezu kriminell dumm gewesen – also, falls er nicht einfach lügt, aber das können wir ihm kaum beweisen.«

»Warum verfallen schöne, starke Frauen immer solchen rückgratlosen Schlappschwänzen?«, fragte ich ihn und auch mich selbst verwundert, mitten im opulenten Morgenbuffet des Hotels *Scandic*, während die Geschäftsleute mit gutem Appetit und wahrscheinlich auch einem entsprechenden Gewissen aus ihren Zimmern nach unten kamen und aussahen, als wären sie – nach dem gestrigen Wirtschaftstreffen – sieben Universen von der schmutzigen, bizarren Welt entfernt, in der Ehlers und ich uns befanden.

»Ich weiß es nicht«, antwortete er. »Du könntest ja deine Frau fragen.«

Ich tat so, als hätte ich das nicht verstanden.

»Die Moral der Geschichte ist also«, berichtete ich Gitte durchs Telefon, »dass, wenn es darauf ankommt, nur ein Betrüger einen Betrüger betrügen kann.«

»Das klingt ziemlich philosophisch«, sagte sie.

»Ja, aber siehst du es denn nicht? Die Dame spielt die Männer gegeneinander aus und macht sie glauben, dass sie – mit ihrer Hilfe – einander betrügen können. Und gerade weil keiner von ihnen ehrlich genug ist, es nicht zu wollen, werden die beiden – ja, eigentlich alle drei – Opfer ihres eigenen Betrugsversuchs. Alle zusammen sterben sie. Das ist geradezu himmelschreiend moralisch.«

»Das sind ja ganz neue Töne, die man da von dir hört. Vielleicht solltest du ein Theologiestudium beginnen.«

»Dafür ist es wohl ein bisschen zu spät. Wie läuft es in Aalborg?«

»Es geht voran. Kommst du bald zurück?«

»Ich nehme den Nachmittagszug.«

»Ich freue mich schon. Es muss doch – wenn schon nichts anderes – eine gewisse Erleichterung und Entspannung für dich sein, ganz gelegentlich einmal eine etwas weniger komplizierte Frau zu sehen als die, von der du gerade so ergriffen bist.«

»Ich bin überhaupt nicht …«

»Du hast sie ganze vierundzwanzig Stunden lang verfolgt. Man kann auch andere Dinge tun.«

»Ich habe meinen Job getan.«

»Als du ausnahmsweise einmal freihattest. Das sieht dir ähnlich!«

»Dabei könnte vielleicht ein neuer Ring herausspringen, nicht wahr? Hast du darüber schon einmal nachgedacht? Ich schon. Und ich mach mich auf den Weg.«

»Bis dann, mein Schatz.«

Ihre Stimme wurde wieder sanft.

Ich ging hinunter zur Rezeption und bezahlte mein Zimmer, rief Otzen an und übermittelte dem *Bladet* die letzten schockierenden Nachrichten, nahm seine Glückwünsche entgegen, als hätte ich persönlich und nur für das *Bladet* drei Menschen innerhalb von vierundzwanzig Stunden umgebracht, und ging langsam, ein bisschen müde und schwer, zum Bahnhof hinunter, um nach Aalborg zurückzukehren – und zu Gitte.

Kein schlechtes Wort über diese Stadt oder diese Frau – insbesondere nicht über Letztere – aber ich freute mich bereits auf unsere Rückkehr nach Hause in das friedliche, träge, schläfrige, provinzielle Vesterbro im stillen und ruhigen Kopenhagen.

Ein Abend auf dem Aaboulevard

Der Aaboulevard ist eine bemerkenswerte Straße.

Natürlich könnte man sagen: Alle Straßen sind bemerkenswert. Wenn man den Großteil seines Lebens in einer Großstadt – oder zumindest in einer Stadt, die annähernd eine Großstadt ist – wie Kopenhagen verbracht hat, dann weiß man, dass jede Straße ihre Eigenheiten hat, ihre Stimmung, ihren Duft. Wenn man plötzlich blind wäre, würde man von solchen Eigenheiten gelenkt trotzdem instinktiv seinen Weg finden.

Und dennoch – der Aaboulevard ist etwas ganz Spezielles.

Es liegt – alle, die dort wohnen und denen die Gegend wahrscheinlich und hoffentlich ans Herz gewachsen ist, mögen entschuldigen – etwas unendlich Trostloses über dem Aaboulevard. Ich weiß nicht, warum, aber man spürt das Bedürfnis nach einer alten, zerschrammten blauen Blues-Mundharmonika im Rücken, wenn man diese Straße entlanggeht.

Vielleicht liegt es nur daran, dass es eine Ausfallstraße ist. Wenn man die Stadt in gewisse Richtungen verlassen möchte, ist der Aaboulevard die natürliche Wahl. Wenn man aus Teilen des Umlands in die Stadt möchte, drängt sich der Aaboulevard als geeigneter Weg auf.

Wie bei allen dieser Durchfahrtsstraßen, in Kopenhagen

wie auch in anderen Städten, geschieht dabei eine Veränderung. Allmählich kommt einem die Straße vor, als wäre sie nicht für Menschen gedacht, nicht zum Wohnen, nicht für Kinder – nur für Autos. Als ob die Häuser nur dazu da wären, die Grenzen der Straße anzuzeigen.

Und doch wäre es – trotz des rund um die Uhr rumorenden Verkehrs – ungerecht, zu sagen, der Aaboulevard sei nicht für Menschen gedacht. Im Gegenteil, es gibt dort – wie in den meisten großen Straßen – alles, was ein Mensch gemeinhin brauchen kann.

Es gibt ein Reisebüro, es gibt ein Grillrestaurant, es gibt eine Videothek. Man kann Kaffee, Tee, Wein und »Konfekt« kaufen. Es gibt einen Damenfriseur, Solarien und »Ihren Bankberater«. Es gibt sogar ein Rentnerberatungszentrum und eine Filiale der Krebsstiftung. Alles in allem kann man dort reichlich guten Rat einholen.

Man könnte sein ganzes Leben leben, mit allem, was dazugehört, ohne jemals den Aaboulevard zu verlassen.

Das gilt auch für viele andere große Straßen – in Kopenhagen seien noch die Nørrebrogade oder die Vesterbrogade genannt –, aber nichtsdestotrotz liegt ein gewisser mystischer Schleier über dem Aaboulevard.

Liegt es vielleicht daran, dass unter der Straße in vergangenen Zeiten die Ladegaards-Au floss – daher der Name –, die heutzutage sorgfältig unter Beton versteckt ist, aber immer noch unter dem anonymen Asphalt ihren Lauf nimmt?

Oder liegt es daran, dass der Aaboulevard – als wäre er immer noch ein Fluss – eine Art Grenzland darstellt?

Auf der einen Seite liegen die schmalen Gassen von Nørrebro, das so genannte Schwarze Viereck, mit den

Überresten der Spekulationsbebauung des vergangenen Jahrhunderts für die Leute, die man damals »das gemeine Volk« nannte. Auf der gegenüberliegenden Seite beginnt das auf andere Weise zelebre Frederiksberg seine stattlicheren und herrschaftlicheren Villenviertel zu entfalten.

Man könnte an eine – bequem überwindbare – Berliner Mauer denken.

Derartige Gedanken machte ich mir, als ich ohne Ziel und Zweck an einem lauen Sommerabend den Boulevard hinunterspazierte. Ich hatte – ausnahmsweise, und unter dem kräftigen Ansporn meiner Schwester – meine alte Großmutter besucht, die in einer der vielen gleich aussehenden Zweizimmerwohnungen in einem der Blöcke an einer der Seitenstraßen lebte, und war auf dem Weg nach Hause – nach Vesterbro.

Ich unterbrach meine Gedankengänge, als ich ein Wirtshaus erblickte. Mancher unterbrach sie dort schon, andere fingen dort erst damit an.

Meine Großmutter hatte – wie es allen Großmüttern zu einer eingefleischten Gewohnheit geworden ist – eimerweise Kaffee angeboten. Nichts gegen Kaffee, er ist bestimmt ein hervorragendes und nützliches Getränk, und man stützt die Wirtschaft der Entwicklungsländer, so gut, wie man sie eben stützen kann – aber es gibt auch andere Dinge in dieser Welt, besonders nach zwei Kannen Kaffee.

Zum Beispiel ein kaltes Bier.

Eine Bar namens *Den Blå Bodega* warb mit just dieser Spezialität, und ich ging hinein und setzte mich an einen Tisch.

Das hätte ich niemals tun dürfen. Ich hatte damit gerechnet, zehn Minuten dort zu verbringen, aber am Ende war es ein ganzer Abend – und ein Teil der Nacht.

Ein Abend am Aaboulevard.

Den Blå Bodega war ansonsten ein ganz normales, entspanntes dänisches Lokal. Es gab zehn, zwölf Tische, von denen die Hälfte von verschiedenen Gruppen besetzt war, die alles Mögliche von der Politik der derzeitigen Regierung bis zur Leistung der Fußballnationalmannschaft beim letzten Spiel gegen Schweden diskutierten, und der Unterhaltungskanal des Dänischen Rundfunks plärrte lustig drauflos. Hinter dem Tresen, wo sich eine majestätische Matrone derart solide aufgebaut hatte, als stehe sie schon ihr ganzes Leben dort, hingen Plakate, die für ein Heringsbuffet am Sonntag warben, für die jährliche Waldwanderung und das kommende Billardturnier für die Stammgäste. Die Stimmung erinnerte an eine Schrebergartenkolonie, aber es war ja auch ein warmer Abend.

Ich bestellte mein kaltes Bier und suchte mir einen Tisch am Fenster. Nichts ist schöner, als aus dem Fenster zu sehen. In alten Zeiten, als meine Großmutter noch jung war, besaß jeder einen Fensterspiegel, aber jetzt kann man sich einfach in ein Wirtshaus setzen, nach draußen schauen, die Leute vorbeigehen sehen – und die Leute, Menschen, sind verschieden genug, um damit geraume Zeit verbringen zu können.

Da geht, so sieht man, eine ältere Dame, die ihren Hund Gassi führt – zweifellos auf dem Weg hinunter zu den Seen. Der Hund – klein und von unbestimmter Rasse, jedenfalls für einen Laien – geht langsam, hinkend und widerstrebend mit. Ihm scheinen nicht mehr viele Tage zu bleiben. Man muss unwillkürlich überlegen, wer von beiden wohl eher sterben mag.

Da sind zwei junge Männer auf dem Weg in die Innenstadt. Man sieht es an der Art, wie sie gehen, dass heute Abend etwas passieren soll. Sie sind bereit für eine feuchtfröhliche Nacht und das ganze Warschau-Konzert.

Da geht ein junges Mädchen, langsam und anmutig, mit langen blonden Haaren, die bei jedem plötzlichen Windstoß aufflattern. Sie ist sehr jung – auf jeden Fall zwanzig Jahre jünger als man selbst –, und sie ähnelt zum Verwechseln einigen der Mädchen, die mit einem zur Schule gingen und in die man sich verliebt hatte. Wohin sie wohl gehen mochte?

Plötzlich wird man – ganz ohne Grund – eifersüchtig auf diesen Ort, den sie garantiert besuchen wird.

So kann man sich in Gedanken verlieren, wenn man aus Fenstern schaut.

Bis etwas anderes passiert.

Und so kam es. Zwei Frauen kamen herein, setzten sich an den Nebentisch und fingen sofort an zu tratschen. Laut. Sehr laut.

»Ich gehe nie wieder zu ihm nach Hause!«, sagte die eine, eine magere rothaarige Frau um die vierzig, die aussah, als hätte sie ein hartes Leben hinter sich, das ihr nicht wenige Furchen im Gesicht hinterlassen hatte als bleibende Erinnerungen und Souvenirs. »Wenn er mich dermaßen verdrischt!«

»Ach«, sagte die andere beruhigend. »So sind sie nun mal!«

»Guck mal!«, antwortete die Erste und schob die Bluse zur Seite, um ihr eine Verletzung zu zeigen. »So ist er!«

»Das ist doch noch gar nichts«, antwortete die andere, die etwas älter war und eher von der mütterlichen Art zu sein schien. »Guck dir das mal an!«

Ihre Wunde befand sich auf dem Oberschenkel. Sie schien stolz darauf zu sein.

Höflich schaute ich aus dem Fenster. Ich fühlte mich wie ein Außenseiter. Ich, der ich noch nicht einmal meine Frau verdroschen hatte!

»Also, ich gehe nicht mehr zu ihm nach Hause!«, sagte die Erste entschlossen. »Ich habe sowieso das Gefühl, er hat eine andere …«

Die Freundin zog die Augenbrauen hoch.

»Du kannst heute Nacht gern bei mir schlafen«, sagte sie. »Aber du gehst ja doch wieder zurück, nicht wahr? Bente, bring uns noch mal zwei! Wo ist denn Martin geblieben?«

»Er spielt bestimmt draußen auf der Straße mit Autos.«

»Du solltest dich ein bisschen mehr um ihn kümmern.«

»Du hast leicht reden. So wie ich behandelt werde …«

»Oh, da ist er ja!«

Ein sechs- bis siebenjähriger Junge kam in die Bodega gelaufen. Er sah erschrocken aus.

»Mama!«, rief er und warf sich förmlich auf die Rothaarige, die nicht nach Hause zu ihrem Mann wollte. »Mama, da liegt eine tote Frau im See.«

»Blödsinn, Martin«, antwortete sie. »Du und deine Ideen!«

An die Freundin gewandt fügte sie hinzu: »Das liegt an

diesen Videofilmen. Davon bekommt er so merkwürdige Ideen und seltsame Träume.«

»Warum leihst du sie dann aus?«, fragte die Freundin logisch.

Die Rothaarige zuckte mit den Schultern. Das sollte offenbar heißen: Irgendwie muss man die Zeit doch totschlagen, oder?

»Ja, aber in echt, Mama!«, rief der Junge, fast schluchzend. »Da liegt eine tote Frau im See! Ich habe sie selber gesehen!«

»Jetzt hör aber auf mit dem Quatsch, Martin!«, sagte die Mutter.

Martin sah unendlich verloren aus. Dann sah er plötzlich mich an – mit diesem Blick, den nur ein kleiner Junge einem erwachsenen Mann zuwerfen kann.

An meinen Gerechtigskeitsinn appellierend, so könnte man ihn beschreiben.

Ich nickte.

Wir gingen gemeinsam nach draußen, und er legte vertrauensvoll seine Hand in meine. Ein ganz neues Erlebnis – jedenfalls für mich. Eine Art Debüt, könnte man wohl sagen. Das erste Mal mit einem Kind an der Hand.

Die zwei Frauen bemerkten nicht einmal, dass wir verschwanden.

Eifrig führte er mich den Aaboulevard hinunter, bis zu der Stelle, wo die Straße aufhört und den Peblinge-See vom Sankt-Jørgens-See trennt.

Wir gingen noch zwei Schritte den Peblinge Dossering hinunter, als er auch schon stehen blieb, seine Hand freimachte und auf den See zeigte.

»Da!«, sagte er.

Er hatte recht. In dem trüben stehenden Wasser, ungefähr in der Mitte des Sees, trieb eine Frau vor und zurück in langsamen Kreisen. Ihr langes helles Haar troff vor Entengrütze, ihr ganzer Körper schien ein willenloses Opfer des schwachen Windes und der leichten Wellen zu sein, die den Peblinge-See beherrschten, und sie war ohne Zweifel tot. Ansonsten würde niemand so liegen, nicht einmal an einem warmen Tag.

»Wir sollten besser die Polizei anrufen«, sagte ich.

»Traust du dich?«, fragte er.

Dieser Satz verriet mir nahezu alles, so spontan, wie er kam, über sein Zuhause und seine Erziehung. Sich »trauen«, die Polizei anzurufen …

»Ja«, sagte ich, »natürlich traue ich mich.«

Wir gingen zur nächsten Telefonzelle.

Sie funktionierte nicht. Das tun Telefonzellen in dieser Stadt einfach nicht, das ist ein Naturgesetz. Es gab immer irgendeinen – vermutlich minderjährigen – Trunkenbold, für den es das Lustigste auf der Welt, der Höhepunkt seines Lebens war, die Kabel aus öffentlichen Fernsprechern zu reißen, damit die Leute nicht mehr miteinander reden konnten. Diese Menschen können nicht besonders viel Freude in ihrem Leben haben.

Also kehrten wir zur *Blå Bodega* zurück, wo das Telefon jedenfalls funktionierte.

»Wo bist du denn jetzt schon wieder gewesen, Martin?«, fragte die Rothaarige in schrillem Ton, sobald wir hereinkamen. »Und was haben Sie mit meinem Sohn angestellt?«

Sie schien überzeugt zu sein, dass ich ein Mitschnacker war, aber als sie mich genauer musterte und – trotz ihrer ziemlich glasigen Augen – bemerkte, dass ich sowohl ein Jackett als auch eine Krawatte und ein sauberes Hemd trug, hielt sie sich zurück.

»Sie war da, Mama!«, sagte Martin. »Du kannst den Mann fragen!«

Sie schaute zu mir hoch und versuchte, sich für einen Augenblick auf etwas anderes zu konzentrieren als auf die Schläge, die sie von ihrem Mann bekam.

»Stimmt das?«, fragte sie.

»Ja«, antwortete ich. »Es liegt tatsächlich eine tote Frau im See.«

»Hab ich doch gesagt, dass ich sie gesehen habe!«, sagte Martin tief gekränkt.

Die Frau, seine Mutter, schaute mich an, als wäre alles mein Fehler und meine Schuld.

Ich nahm das Telefon und rief meinen Freund an, Polizeiinspektor Ehlers vom Halmtorvet, und erzählte ihm in vier Worten, was ich wusste. Mehr als »Tote Frau im See« war nicht nötig.

Er versprach, sofort zu kommen.

Er hielt sein Wort. Ehlers ist einer der wenigen Menschen, die ich kenne, denen dies zu einer Gewohnheit geworden ist.

Wir gingen zum Peblinge-See hinunter, wo die Ambulanz und die Rettungskräfte bereits eingetroffen waren. In der beginnenden Sommerabenddämmerung betrachteten wir das fantastische Szenario: zwei Männer, die von einem

Schlauchboot aus mit langen Bootshaken die tote Frau bargen.

Wir betrachteten sie genauer, als sie näher ans Ufer kam.

Sie musste etwa dreißig Jahre alt sein, groß und schlank und mit langen, nunmehr sehr nassen, blonden Haaren. Sie trug ein gelbes Sommerkleid – oder zumindest ein Kleid, das einmal gelb gewesen war. Sie wäre atemberaubend schön gewesen, wenn sie nicht eine Narbe im Gesicht gehabt hätte – eine große, rote Narbe, fast wie ein Dreieck geformt, auf der einen Wange. Sie sah aus wie ein altes, unauslöschliches Brandmal.

Einer der Rettungssanitäter breitete ein weißes Laken über ihr aus, und sie wurde in den Wagen getragen und abtransportiert.

»Diese Narbe sollte es leicht machen, sie zu identifizieren«, bemerkte ich geistreich.

Ehlers nickte.

»Wir müssen das ganze Viertel durchforsten«, sagte er. »Wir brauchen mehr Leute!«

Letzteres sagte er an Kaspersen gewandt, seinen engsten Mitarbeiter, der sofort sein Funkgerät anwarf und mit der Wache kommunizierte. Wenige Minuten später stand eine Gruppe stummfilmhaft schweigender Polizisten am Seeufer, während Ehlers ihnen seine Anweisungen erteilte. Anschließend verschwanden sie in alle Richtungen.

»Danke, dass du angerufen hast«, sagte er und gab mir einen Klaps auf die Schulter – das Höchste, was ich jemals an emotionaler Erregung von seiner Seite erlebt habe.

»Nur meine Pflicht«, sagte ich. »Es war wie gesagt ein kleiner Junge, der sie zuerst gesehen hat.«

»Ich sollte besser seine Adresse aufnehmen«, sagte Ehlers. »Ordnungshalber.«

»Sie lautet c/o *Den Blå Bodega*«, antwortete ich. »Er ist bestimmt immer noch dort – wenn er bei seiner Mutter ist.«

Aber das war er nicht. Die beiden Freundinnen waren gegangen, und sie hatten Martin mitgenommen.

Ehlers fragte die Respekt einflößende Matrone hinter dem Tresen aus. Sie fragte ihn, verständlicherweise, worum es denn gehe. Er erzählte es ihr ohne Umschweife, und sie verzog keine Miene.

»So etwas passiert nicht das erste Mal«, bemerkte sie trocken. »Wie sah sie aus?«

Ehlers beschrieb sie. Als er zu der Narbe kam, schaute die Barkeeperin mit interessierten Augen auf.

»Sie war heute Abend hier. Da kann man sich nicht vertun. Kurz bevor Sie« – sie deutete mit einem Nicken auf mich – »hereinkamen.«

»War sie allein?«

»Nein, sie ist zusammen mit einem Mann gekommen – einem großen, dünnen Mann, den ich vorher schon einmal gesehen habe, aber nicht zusammen mit ihr. Sie sind gemeinsam gegangen. Als sie gerade draußen waren, kamen Sie herein« – sie deutete wieder auf mich – »und dann die beiden Damen mit dem kleinen Jungen, und dann – ja, ich musste schließlich arbeiten, also dachte ich mir nichts dabei – ich konnte ja nicht wissen …«

»Selbstverständlich nicht. Haben Sie den Mann häufig gesehen?«

»Ein paar Mal – aber ich habe auch gerade erst hier angefangen. Ich komme aus Vesterbro – vom *Café Femmeren*. Dort wird gerade umgebaut, und ich bin hier nur als Vertretung für eine Freundin, die im Urlaub ist; ich weiß also nicht so besonders viel über diesen Stadtteil.«

Und ich hatte geglaubt, dass sie schon ihr ganzes Leben hier gestanden hätte!

Nun gut, dann hatte sie hinter einem anderen Tresen gestanden. Und wenn es drauf ankommt, sind alle Tresen ziemlich gleich.

»Glauben Sie, dass er aus diesem Viertel ist?«, fragte Ehlers.

»Ich weiß es nicht«, antwortete sie ruhig. »Aber ich habe nicht den Eindruck, dass sich in dieses Lokal besonders viele Touristen verlaufen.«

Damit hatte sie garantiert recht. Das kommt in derartigen Lokalen selten vor.

So begann also die Jagd – die Jagd, die die vielen folgenden Stunden in Anspruch nehmen sollte. Den Aaboulevard hinauf, den Aaboulevard wieder hinunter, hinein in ein Lokal, fragen und sich umsehen, raus aus dem Lokal und wieder auf die Straße. Fünf Bullen bei der Arbeit, Ehlers eingeschlossen – und dann noch ich als Gratiszugabe.

Trotzdem war auch ich auf der Arbeit. Man ist schließlich Journalist. Eine Story ist eine Story – insbesondere dann, wenn man das Glück hat, ohne neugierige Konkurrenten an den Hacken direkt hineingestolpert zu sein.

Am Aaboulevard gibt es viele Wirtshäuser, so viel kann ich Ihnen gern verraten, falls Ihr Weg einmal hier vorbeiführen sollte und Sie in der richtigen Stimmung sind. Während ich zwischen der Griffenfeldsgade, dem H. C. Ørstedsvej, der Julius Thomsen Gade, dem Ingemannsvej und der Blaagaardsgade – um nur ein paar wenige der Seitenstraßen zu nennen, die vom Aaboulevard abzweigen – hin und her kreuzte, schaute ich in eines nach dem anderen hinein, wobei ich immer wieder die Straße überquerte, sobald eine kurze Pause in dem endlos in die Stadt hinein- und wieder hinausrollenden Automobilstrom es zuließ.

Da gab es eines namens *Kahytten*, und viel größer als eine Kajüte war es auch nicht. Ein anderes nannte sich *Barcelona*, warum auch immer – darin gab es nichts anderes als unechte Goldrahmen und altertümliche Reisesouvenirs, begleitet von Plakaten, die für »Cowboy-Toast«, »Super-Toast« und »Popcorn – eine warme Neuigkeit« warben. Es gab sogar ein Spezialangebot: eine Tasse Kaffee mit Käsebrötchen. Sehr, sehr speziell. Und sehr, sehr spanisch.

Was wohl ein Spanier dazu sagen würde?

Ein weiteres hieß *Casablanca* und warb mit *Happy Hours* täglich zwischen 16.00 und 18.00 Uhr. Vielleicht sahen dort deshalb gegen 23.00 Uhr alle so melancholisch aus.

Und dann gab es noch das *9*, was man, weil es die Hausnummer 9 hatte, halbwegs nachvollziehen konnte.

Und dort fand ich ihn. Den Mörder.

Es war, wie in den meisten Fällen dieser Art, reines Glück. Oder, vielleicht, reines Unglück – abhängig davon, von welcher Warte aus man es betrachtet.

Der Unterschied zwischen Bullen und Journalisten auf der Jagd besteht darin, dass Polizisten nur zwecks Kontrolle hineingehen, ihre gesetzlich vorgeschriebenen Fragen stellen und wieder hinausgehen können.

Journalisten tragen keine Uniformen. Sie können sitzen bleiben und glotzen, so lange sie wollen – und dafür bezahlen.

Und das war der Grund, warum ausgerechnet ich ihn fand.

Ich saß – wieder einmal – an einem Fenstertisch und schaute zum Tresen hinüber. Diese Kneipe hatte ein Schild, das für »Hausgemachte Frikadellen« Reklame machte.

Auf dem Weg zum Pissoir kam ich am Münztelefon vorbei und sah, dass dort – auf einem Stückchen Pappe, das, wie in vielen anderen Wirtshäusern auch, daruntergeklemmt war – die Nummern der nächsten Konkurrenten, der Taxizentralen, der Bierlieferanten etc. aufgeführt waren. Ganz unten stand die Nummer der hausgemachten Frikadellen.

Aus den Lautsprechern dröhnte der Hit des Sommers:

Du schimpfst die ganze Zeit mit mir –
Können wir nicht Freunde sein?

Volkstümlich, festlich und vergnüglich.

Erst als ich wieder zurückkam und mich an meinen Tisch setzte – professionell hinter einer Zeitung verschanzt, die ich an diesem Abend schon dreimal durchgelesen hatte, sogar die Kleinanzeigen –, entdeckte ich ihn.

Der große, dünne Mann, der allein für sich saß und vor sich hin murmelte, entweder in einer Art Trance oder sturzbetrunken.

Er trug einen abgewetzten grauen Anzug, der für einen Mann genäht war, der doppelt so groß war wie er – oder vielleicht war auch er einst doppelt so groß gewesen wie jetzt. Seine blasse, müde, bläuliche Haut verriet den eingefleischten Alkoholiker.

Er murmelte, ein ums andere Mal: »Verdammt! Ich hätte nie – niemals …«

Als der Kellner auf ein stummes Zeichen hin noch ein Starkbier vor ihm platzierte, fragte er mit gesenkter Stimme, die man durch die Musik und den übrigen Lärm hindurch nur verstehen konnte, wenn man sich wirklich anstrengte: »Sind die Bullen immer noch hier?«

»Ja«, antwortete der Kellner. »Du weißt, wo der Hinterausgang ist. Ich will damit nichts zu tun haben.«

Der Mann murmelte etwas und trank weiter.

Ich trank mein Bier aus und trat auf die Straße. Ich war nur ein paar Meter gegangen, als ich Kaspersen traf.

Er versprach, den Hinterausgang zu bewachen und die anderen über sein Funkgerät zu informieren.

Es dauerte ungefähr so lange, wie man braucht, um ein halbes Starkbier zu trinken, bis das Lokal umstellt war. Kaspersen stand auf seinem Posten, und Ehlers wartete vor dem Eingang, als ich wieder hineinging.

»Na, hast du es bereut?«, fragte der Kellner, als er mir ein kaltes Pilsener brachte.

»Tja-a«, antwortete ich zögernd. »Ich bin wohl nicht der Einzige, der etwas zu bereuen hat.«

Der dünne Mann sprang auf und stieß sein Starkbier um, als ob ich ihn direkt angesprochen hätte. Betrunkene Menschen und Paranoiker reagieren fast immer so auf alles, was ihnen als Einmischung in ihr persönliches Universum erscheint.

Als Ehlers hereinkam, brach er augenblicklich zusammen. Er versuchte nicht einmal zu fliehen. Ehlers hatte kaum gesagt, dass er ihn gern in Verbindung mit einem Frauenmord befragen wolle, er aber nicht verpflichtet sei, eine Aussage zu machen, als er sein Gesicht in den Händen verbarg und zu weinen begann. Sein ganzer schmächtiger Körper bebte.

»Ich hätte es nicht tun sollen …«, sagte er zwischen seinen spastischen Bewegungen. »Ich war so ein Idiot … Mein kleiner Martin … Mein kleiner Martin …

Es war die klassische alte Dreiecksgeschichte. Und der Martin, der seine erstickte, ertrunkene und – wie sich später zeigte – schwangere Geliebte gefunden hatte, war sein Sohn.

Wenn Martins Mutter nun nicht in ein Wirtshaus gegangen wäre. Wenn Martin nun nicht neugierig gewesen und nach draußen gegangen wäre. Wenn ich nun nicht neugierig genug gewesen wäre, um mit ihm zu gehen …

Das Schicksal spielt uns allen die gröbsten Streiche.

Das war die ganze Geschichte. Und es war eine der wenigen Geschichten, aus denen ich – selbst als hartgesottener, zynischer Journalist – keine Story für das *Bladet* gemacht habe, auch wenn ich noch so sehr als Augenzeuge beteiligt war.

Mein Chefredakteur hätte mich stundenlang gezüchtigt, wenn er es gewusst hätte. Aber er wusste es nicht.

Auch sonst wusste niemand davon. Die Geschichte wurde überhaupt nirgendwo erwähnt, weder im *Bladet* noch bei unseren Konkurrenten. Ehlers sorgte dafür, dass nichts nach außen drang – und ich half ihm dabei –, höchst unprofessionell.

Der Mann wurde verurteilt – natürlich. Es gab keine andere Möglichkeit. Ein Mord ist ein Mord, und er wusste selbst am besten – und gab es auch zu –, dass er ein Idiot war. Es dauerte zwei Tage, bis es ihm glückte, sich in der Zelle an seinem Gürtel zu erhängen, was den Steuerzahlern eine kostspielige Gerichtsverhandlung ersparte.

Am Tag nach seinem Tod legten Ehlers und ich zusammen und schenkten Martin eine elektrische Eisenbahn. Eine Märklin – wie wir es uns selbst in seinem Alter erträumt hatten.

Es gab nicht viel mehr, was wir tun konnten. Niemand konnte besonders viel tun.

Wir schickten sie zu ihm nach Hause – ohne Absender –, an die Adresse, die sein Vater angegeben hatte.

Am Aaboulevard.

Der 7. Band aus der Feder des dänischen Kult-Autors – und sein bester …

Dan Turèll
MORD IN DER
DÄMMERUNG
Kopenhagen-Krimi
240 Seiten
ISBN 978-3-404-15479-1

Wenn ein Reporter ständig über Leichen stolpert, dann ist der Chef der Mordkommission entweder sein größter Feind – oder sein bester Freund ... Doch glücklich macht es Inspektor Ehlers nicht, als ein Gitarrist mitten im Kopenhagener Jazzfestival tot von der Bühne und vor die Füße seines Freundes fällt. Im heißesten Sommer seit Jahren. Die Diagnose: vergiftetes Morphium. Während Ehlers ermittelt und in der Drogenszene ein Bandenkrieg auszubrechen scheint, lässt sich der Journalist auf der Suche nach einem Motiv durch die Jazzclubs, die Hinterhöfe und die Rotlichtviertel der Stadt treiben. In der schwülen Dämmerung und den heißen Nächten erwachen die Swinging Sixties zu neuem Leben. Liegt die Ursache für den Mord tief in dieser Vergangenheit begraben, oder ist es doch der moderne, eiskalte Drogenkrieg, der wahllos neue Opfer fordert?

Bastei Lübbe Taschenbuch

»Dies ist ein extrem packender und lebendiger Kriminalroman.«

VESTKYSTEN

Dan Turèll
MORD IM
STRASSENGRABEN
Krimi
240 Seiten
ISBN 978-3-404-15630-6

An einem kalten Winterabend wird eine Frau von einem Streifschuss getroffen – auf offener Straße, mitten in Kopenhagen. Während die Frau in einem Krankenhaus um ihr Leben kämpft, fällt ein weiterer Schuss, in derselben Straße. Wieder ist das Opfer ein unschuldiger Passant. Er stirbt. Als kurze Zeit später ein weiterer sinnloser Mord im gleichen Stadtteil geschieht, bricht dort Panik aus. Die Polizei hat keine Spur, die sie verfolgen kann. Der Mörder scheint wahllos zu töten …

Bastei Lübbe Taschenbuch

WWW.LESEJURY.DE

WERDEN SIE LESEJURYMITGLIED!

Lesen Sie unter www.lesejury.de die exklusiven Leseproben ausgewählter Taschenbücher

Bewerten Sie die Bücher anhand der Leseproben

Gewinnen Sie tolle Überraschungen